la llum del far

La Pujada

Toni Cotet i Masià

BAULA

Coordinador editorial:
Josep Llussà

Direcció d'art:
Departament d'imatge i disseny GELV

Disseny de la col·lecció:
Manuel Estrada

Fotografia de la coberta:
Jiunlimited

Primera edició: octubre 2007

C/ Salvador Espriu, 79, baixos 2a
08005 Barcelona

ISBN: 978-84-479-1684-9
Dipòsit legal: Z. 2804-07

Tallers Gràfics Edelvives (50012 Saragossa)
Certificats ISO 9001
Printed in Spain

El 0,7 % de la venda d'aquest llibre es destina a la construcció de l'escola que l'ONG Solidaritat, Educació i Desenvolupament (SED) gestiona a San Julián (El Salvador).

FITXA PER A BIBLIOTEQUES

COTET I MASIÀ, Toni (1973-)
La Pujada / Toni Cotet i Masià. - 1a ed. - Barcelona : Baula, 2007
148 p. ; 22 cm. - (La llum del far ; 67)
ISBN 978-84-479-1684-9
1. Excursions. 2. Companyonia. 3. Segrestos. 4. Superació. I. Títol. II. Sèrie.
087.5:821.134.1-31"19"

A la Neus, l'Arnau i la Sara,
amb tot l'amor del meu cor.

1. L'ESCOLA (divendres, 14.30 h)

L'Èric i l'Adrià seuen a les escales de l'entrada de l'escola. A aquesta hora, dos quarts de tres, no molesten ningú, perquè és divendres i fa mitja hora que ha començat el cap de setmana. Per això els professors i els alumnes ja fa estona que han fugit esperitats del recinte escolar i el conserge ha segellat les portes fins al dilluns. L'Èric menja amb avidesa l'entrepà de llom i formatge que li han preparat al bar de la cantonada, mentre que l'Adrià engoleix amb la voracitat pròpia dels seus quinze anys la segona bossa de patates fregides.

—Hem de menjar molt i sovint perquè es cremen molts hidrats de carboni —assegura l'Adrià.

—Això és el que ens diu l'Horaci. La veritat és que fa respecte, això de la Pujada, eh?

—És una bogeria, però té un no sé què que t'atrau. Tinc moltes ganes de començar-la.

—I les noies... què creus?, podran arribar?

—Segur que sí. Són fortes i tenen molta voluntat; ja veuràs quina nit que ens espera...

Les tres en punt: és l'hora clau, el moment en què han estat convocats a la boca del metro tots els alumnes de tercer i quart d'ESO que enguany efectuaran la XXVI Pujada a peu a Montserrat. El tret de sortida, a principis d'octubre, de les nombroses activitats extraescolars que ofereix el seu col·legi. El culpable de tot aquest rebombori s'anomena Horaci Pous, el professor de Ciències Socials i el més veterà del claustre; un autèntic enamorat de l'esport i concretament del senderisme. Ara fa vint-i-sis anys que va proposar a tot el professorat de començar el curs amb una activitat amb la qual es demostrés l'afany i l'esperit de superació, una activitat difícil però no impossible, una prova de resistència i voluntariositat. Alguns el van titllar de boig, d'altres de temerari, però un professor i una vintena d'alumnes van secundar la seva extravagant idea i això es convertí en el germen de la sortida més multitudinària i popular de l'escola: enguany s'hi congregarien al voltant de cent cinquanta persones, entre alumnes, exalumnes, pares i professors.

A poc a poc, es van acostant els primers nois i noies amb les seves motxilles lleugeres. Llueixen amb orgull la samarreta serigrafiada en què s'indica la proesa que d'aquí a unes disset hores, aproximadament, acompliran tots els que tinguin la resistència i la força de voluntat per poder cobrir a peu els cinquanta-vuit quilòmetres del recorregut entre el Velòdrom d'Horta i el monestir de Montserrat.

Quan arriba l'Horaci Pous, els alumnes, que parlaven animosament, guarden un silenci sepulcral de cop i volta. Un sentiment de respecte i d'admiració cap al responsable de la sortida es fa latent a l'atmosfera. Ell saluda animadament els nois i noies, amb poques paraules, talment sembla que no vulgui gastar ni una de les energies que li faran falta a aquest home de seixanta-dos anys, però amb una vitalitat i una força d'esperit com la d'un jove de vint.

—Bona tarda a tothom! Espero que hàgiu dinat bé; necessitarem molta energia per poder caminar.

Els alumnes de quart i alguns exalumnes més grans somriuen amb el comentari fet pel professor, però als de tercer, que són els novells d'aquesta llarga caminada, se'ls fa un nus a l'estómac en sentir les paraules pronunciades amb un to de veu greu i fosc del mestre responsable.

Tothom espera amb ànsia l'inici de la ruta.

A les tres i cinc minuts, l'Horaci dóna un cop de bastó a terra i indica a tothom que ja és l'hora d'encetar l'excursió. Setanta-quatre alumnes de catorze i quinze anys, vint-i-sis exalumnes de totes les edats, vint-i-cinc pares, mares i familiars i tres professors comencen el pelegrinatge que els ha de dur a lluitar contra els obstacles, a superar-se amb afany per tal d'assolir un èxit; l'únic èxit possible: arribar l'endemà al matí a la plaça de Santa Maria de Montserrat.

L'Èric i l'Adrià conversen animadament amb la Irene i la Raquel. Tots quatre pertanyen a la mateixa classe, 4t C, i de cop i volta se senten interromputs per una veu ben familiar que increpa sorneguerament els nois:

—Mira qui tenim aquí! Si són els cagats de 4t C. Em pensava que les vostres mares no us deixarien venir, com que això no és per a «nens i nenes»..., sinó per a més grans... M'enteneu, oi...?

—No et passis ni un pèl —li contesta l'Adrià—. Aquí l'única criatura que hi ha ets tu.

—Vejam si tens pebrots per tornar a dir-me això a la cara!

—No val la pena —diu l'Èric a l'Adrià—. Aquest comentari ha anat cap a mi i gràcies per defensar-me. Millor que ignorem aquest fanfarró; no cal que ens fem mala sang i ens fiquem en embolics.

L' autor del comentari és en Sebastià Requena, conegut a l'escola com a Sebas; és un alumne de 4t A, repetidor i amb un currículum acadèmic ple de suspensos i expedients. Les úniques assignatures que domina a la perfecció no existeixen dins dels plans d'estudi de l'ESO: l'insult, les agressions als altres companys (físiques i psicològiques), la provocació... Són algunes àrees on en Sebas és un autèntic mestre. Al seu costat sempre hi té en Pere Lluís García, la seva mà dreta i amic inseparable de l'ànima, tan cretí com ell i amb un cos ple de músculs desenvolupats per obra i gràcia dels esforços al gimnàs. Això sí, amb un cervell força atrofiat, ja que és més aviat una mica curt de gambals. Tot seguit baixen les escales del metro amb un somriure burleta, arriben a les taquilles i, quan veuen que cap dels professors no es fixa en ells, passen sense pagar pel costat d'un dels empleats, que se'ls mira amb la impotència d'aquell qui veu que no s'hi pot fer res de res i que només cridant-los l'atenció l'únic que pot aconseguir és sortir-ne malparat.

—No sé a què treia cap el comentari que t'ha fet aquell cretí —diu la Raquel dirigint-se a l'Èric.

—Fa referència a l'any passat. Et recordes que us vaig explicar que a meitat del recorregut em va començar a fer mal el genoll? Quan érem a prop d'Olesa de Montserrat, em vaig haver de retirar i pujar a un dels cotxes escombra, amb el genoll ben inflat i arrossegant la cama. M'era del tot impossible continuar. En Sebas se'n va burlar durant tot el curs passat.

—No li facis cas —va dir la Irene—. Anem baixant a l'andana, que això ja comença.

2. EL METRO (divendres, 15.15 h)

La sortida sempre havia començat des del Velòdrom d'Horta, lloc d'inici del GR 6*, per això la primera hora d'excursió la realitzaven asseguts còmodament al metro. Al capdavant de l'expedició, ja des del principi, l'Horaci Pous efectuava la funció de pastor que mena les ovelles cap a una destinació difícil i desitjada alhora, per això fou l'únic que no va seure al vagó i restava dret, a la vista de tothom, controlant la situació. En Francesc i en Joan Ignasi —els professors d'Educació Física i de Tecnologia—, que ja acumulaven uns quants

---

* Els GR són senders de gran recorregut que es troben disseminats arreu d'Europa. Aquests camins estan marcats amb dues franges horitzontals, una blanca i l'altra vermella, i, concretament, el GR 6 és un sender que té el seu començament al Velòdrom d'Horta i finalitza a Montserrat.

anys d'experiència en aquella llarga caminada— s'estaven davant d'ell. L'Horaci Pous esdevenia el referent i ells dos eren els seus fidels escuders, un triumvirat molt ben avingut i compenetrat perquè unien l'experiència de l'Horaci amb la força i la joventut dels dos professors que pocs anys després haurien de prendre el relleu al vell professor en l'organització de la Pujada a Montserrat. Ben a prop d'ells, s'assegueren la Raquel, la Irene, l'Èric i l'Adrià; reflectien un nerviosisme barrejat amb la il·lusió de poder passar tota una nit junts amb tants companys i companyes. Aquella sortida era una proesa, però també una ocasió per poder experimentar la màgia de la nit, una nit que era prohibida la resta de l'any (excepte algunes ocasions molt especials, com ara Cap d'Any o Carnaval), perquè era una llàstima que amb quinze anys no es pogués fer tot allò que es desitja.

—Què porteu dins de la motxilla? —va preguntar encuriosida la Raquel.

—Mira la xafardera! Coses d'home que no et podem ensenyar —va contestar l'Adrià irònicament.

—Coses d'home? —digué la Raquel—. De quins homes? No els veig, digueu-me on són...

—Al teu davant, Raquel. T'asseguro que no en trobaràs de millors.

La Irene i l'Èric somreien amb els comentaris dels seus amics; mentrestant, en Sebas i en Pere Lluís no els treien l'ull del damunt, asseguts cap al final del vagó, una mica apartats de la resta de companys d'expedició.

—Mira, Raquel, no hi ha gaires secrets dins de la motxilla —cedí finalment l'Adrià, i la va obrir de bat a bat. Un parell de Red Bulls per mantenir-me despert a la nit, tres bosses de pipes, un parell d'entrepans que m'ha preparat la mare, la cantimplora plena d'aigua i una lot. Però em sembla que la de l'Èric té més coses. Pregunteu-li què ha portat, noies.

L'Èric s'enrojolà i es va veure obligat a ensenyar també el contingut de la seva bossa. De cop i volta van començar a aparèixer medicaments, benes, esparadrap, tiretes, elements d'ortopèdia i altres andròmines que els seus amics no sabien ni per a què servien. La Irene no va poder evitar que se li escapés un comentari del fons de l'ànima:

—Però si sembles un hospital ambulant!

Les rialles van esclatar. Tot seguit, la Raquel li va agafar una capsa que contenia una mena de tiretes gegants on es llegia «Apósitos». Tota encuriosida, li va preguntar:

—I això per a què serveix, Èric?

—Això és per evitar butllofes. T'ho poses als llocs on creus que te´n poden sortir i forma com una mena de segona pell que t'evita aquesta molèstia.

—I aquesta pomada? —s'interessà l'Adrià.

—Un antiinflamatori; pot anar molt bé per a les articulacions i la massa muscular. Després de tants quilòmetres alleuja.

—Escolta, Èric, quan siguis gran, a què et dedicaràs? Seràs farmacèutic, oi?

La riallada de tots quatre va ser un altre cop unànime. L'ambient entre ells era excepcional des que es van conèixer a primer d'ESO. L'Èric, però, tot seguit va adoptar un semblant seriós i digué:

—L' any passat em vaig haver de retirar quan arribàvem a Olesa. No podia fer ni una passa més, tenia el genoll molt inflat, i recordeu que vaig estar gairebé un mes per poder recuperar-me. Aquest any vull arribar fins al final; he fet una promesa i l'haig de complir.

—I aquesta promesa en què consisteix? —preguntà encuriosida la Irene.

—No vull que et sàpiga greu això que et diré, però la meva promesa és una cosa molt personal i no l'he explicat a ningú.

—D'acord, Èric, ara veig que deu ser molt important per a tu...

L'Èric va assentir amb un somriure i va desviar la mirada cap a la finestra, des d'on va poder contemplar l'únic paisatge que s'endevina des de qualsevol vagó de metro: la foscor.

L'estona anava transcorrent amb el degotall de parades i els comentaris d'aquells amics; barreja d'il·lusió i de temor per enfrontar-se a una aventura tan selectiva i dura. Però hi havia un parell d'alumnes de l'escola que encara seguien una mica apartats de la resta dels seus companys per l'afany de no fer sentir a ningú els plans que ordien; eren en Sebas i en Pere Lluís.

—Ho tinc tot a punt —confirmà en Pere Lluís mirant a banda i banda, tot comprovant que ningú no els feia cas.

—Jo també —contestà en Sebas—. Ja veuràs quina cara faran tots quan ho fem...

Tots dos van esbossar un somriure sardònic que va acabar en una gran riallada, mentre que la resta de passatgers del vagó viatjaven aliens als plans que tenien ben entrellaçats aquell parell.

Mentrestant, l'Horaci Pous va treure un mapa vell i esgrogueït de l'editorial Alpina i l'ensenyà a en Francesc i a en Joan Ignasi. Tot i que gairebé es coneixia el recorregut de memòria i amb totes les variants possibles, va demostrar el seu tarannà meticulós i perfeccionista volent fer una repassada amb els seus companys de ruta. Havia de quedar tot ben lligat.

En aquell moment el metro es va aturar a la parada de Vall d'Hebron i hi va entrar un violinista acompanyat d'una dona; tenien l'aparença de gitanos de l'Est d'Europa. L'home va començar a desgranar unes notes malenconioses del seu instrument musical, que suraven per l'aire cridant l'atenció de tothom i fent respectar un silenci per escoltar una melodia que mai no havien sentit; devia ser una cançó popular del seu país. Quan van haver acabat la peça, van passar àgilment per tots i cadascun dels passatgers demanant unes monedes amb uns barrets vells i polsegosos. L'Horaci va remenar les seves butxaques i va trobar un euro, que llançà a la gitana. Aquesta se'l va quedar mirant fixament; era una dona colrada de pell, amb una llarga cabellera rinxolada i uns ulls... aquells ulls que van penetrar dins dels seus en el precís moment en què li va dir en un català força acceptable:

—Vés amb molt de compte amb les teves proeses. Aquest cop tindràs un problema i hauràs de lluitar per desfer-te'n, però no estaràs sol...

El metro va frenar de sobte i la parella de gitanos romanesos desaparegué per l'andana, tot enfilant els passadissos laberíntics del món subterrani. L'Horaci Pous va mirar amb perplexitat en Francesc i en Joan Ignasi, que havien sentit les paraules de la gitana, tot buscant una resposta lògica a allò que li havia dit aquella dona i que no havia entès. Això sí; no se li esborrà del cervell. Segons després va proferir un gran crit que va fer retronar tot el vagó:

—Tothom a punt; baixem a la propera parada!

3. EL VELÒDROM D'HORTA (divendres, 17.00 h)

Quan van haver baixat del vagó del metro i es van dirigir a la sortida de l'estació de Mundet, ja es podia dir que començava la caminada. L'expedició va envoltar el Velòdrom d'Horta i tots els integrants se situaren en un parterre de gespa, ben a prop del començament dels jardins del Laberint i a punt d'enfilar l'inici del GR 6. Una vintena d'antics alumnes i adults se sumaren a l'expedició, per això l'Horaci, després de saludar un per un tots aquests darrers caminants —la majoria dels quals no havia vist des de feia exactament un any—, va fer un darrer recompte de l'expedició, ajudat per en Francesc i en Joan Ignasi. En total eren cent quaranta-nou persones; mai no havien estat tants a la Pujada a Montserrat. Després d'esperar cinc minuts de cortesia, per si algú s'havia endarrerit, i de fer-se una foto de grup per al record, amb les cares ben somrients, l'Horaci Pous va prendre el gaiato amb força i va proferir les darreres indicacions en un to de veu ben elevat perquè tothom el pogués sentir:

—Tothom darrere meu! A partir d'ara comencem la Pujada a Montserrat i no vull que ningú se m'avanci; el ritme el marcaré jo. Recordeu que l'objectiu més important no és el d'arribar d'hora, sinó que hi arribi el màxim nombre d'excursionistes possible, per això no hem vingut fins aquí a fer cap cursa. Al final de l'expedició sempre se situaran dos professors: en Francesc i en Joan Ignasi; tampoc no vull que ningú quedi per darrere d'ells. Les aturades les anirem fent segons el programa establert i els reagrupaments dependran de si s'estira molt el pilot. Penseu que aquest any hem batut el rècord de participació, som gairebé cent cinquanta, per això aquesta edició, més que mai, heu de seguir les indicacions per afavorir sempre el grup. D'acord?

L'Horaci Pous va restar callat uns segons tot esperant si hi havia alguna pregunta o comentari a fer a les seves explicacions. Després d'un silenci hermètic, va proferir un darrer missatge breu i encoratjador:

—Endavant i que tinguem molta sort!

Alguns integrants de l'expedició —sobretot els alumnes novells— van agafar aire i van sospirar, d'altres van empassar saliva, uns quants se senyaven mecànicament, i tots van començar a seguir el ritme àgil que imposava l'Horaci Pous. Ja no es podia fer marxa enrere i arribava l'hora de la veritat, l'hora del sacrifici i de la superació. Van anar passant tots i cadascun dels cent quaranta-nou integrants pel davant de la placa que marcava l'inici del GR 6, ja que indicava la distància a recórrer i la durada aproximada en hores.

El repte havia començat.

Ja no es podien fer enrere.

Les primeres riallades i bromes van començar a quedar mitigades amb la duresa del primer tram: la pujada a Collserola. Ja ho havia indicat en Francesc —el professor d'Educació Física— l'any passat, quan va començar a engrescar els seus alumnes perquè participessin en aquella excursió: «Les màximes dificultats de la Caminada a Montserrat són la pujada a Collserola (perquè a més a més de la seva duresa, cal tenir en compte que al principi el cos està fred, encara gens acostumat al duríssim ritme que anirà agafant) i... la pujada final a Montserrat (perquè el cos, tot i estar ben acostumat a l'esforç, en aquell moment està pràcticament esgotat).»

Mentre l'Adrià i l'Èric anaven seguint amb vigor les petjades de l'Horaci, a primera fila, la Raquel i la Irene anaven recaient cap als darrers llocs, ben a prop dels dos professors que tancaven files. No estaven soles, perquè un grupet de persones les acompanyaven i feien el mateix semblant d'esforç. La Pujada a Montserrat era oberta a tothom que volgués; l'única condició imposada per l'Horaci era que l'edat mínima havia de ser la corresponent a un alumne de tercer d'ESO i la màxima... Hi participava una senyora que superava la setantena i hi continuava anant cada any (tot i que s'incorporava a les Fonts de Terrassa, i així feia dues terceres parts del recorregut, una «trampa» del tot permesa per a una dona de tants anys). Per això els alumnes de primer i segon frisaven per ser més grans i així poder arribar a tercer i quart d'ESO, entre d'altres coses, per poder optar a participar en aquella excursió.

Finalment, unes vint persones eren arrossegades per en Joan Ignasi i en Francesc; entre elles, però, n'hi havia una que ja havia fet un parell d'aturades pel seu compte. Era una dona anomenada Maria Zambrano, la mare de l'Ester (una alumna de 4t B), que convençuda per la seva filla s'havia animat a participar-hi. A més a més volia donar gràcies a la Verge de Montserrat (allò que s'anomena «fer una promesa») per l'èxit de l'operació de cor del seu marit. Uns problemes amb el genoll, però, juntament amb la seva condició d'asmàtica, no eren els més indicats per poder continuar, per això a la tercera aturada que va efectuar, en Francesc va mirar el rellotge: dos quarts de sis. Feia poc més d'un quart d'hora que havien començat a caminar i aquesta dona que panteixava i se sufocava ja era la tercera vegada que havia tingut la necessitat d'aturar-se. En Francesc no va dubtar ni un moment a apartar-se uns metres i trucar al telèfon mòbil de l'Horaci:

—Què passa, Francesc?

—Hauries de venir, Horaci. Hi ha una dona que ja ha fet tres parades pel seu compte i no pot amb la seva ànima.

—On ets? —preguntà lacònicament.

—A mig camí de la torre d'alta tensió.

—Encara? —va dir sorprès—. Si fa més de deu minuts que ja hem passat per aquí. No et preocupis. Aturaré el grup i vindré a buscar-vos. Qui és aquesta dona?

—Es diu Maria; és la mare d'aquella noia tan simpàtica de 4t B, l'Ester.

—No us mogueu del lloc on sou, vaig baixant.

—D'acord, aquí serem.

Deu minuts més tard l'Horaci va arribar a l'encontre de tots dos. La dona restava asseguda en una gran llosa situada al marge d'un camí estret que només deixava avançar en filera índia i respirava dificultosament amb la boca oberta. L'Horaci se li va dirigir:

—Bona tarda, Maria. Què passa?

—Mira, Horaci, he hagut d'aturar-me unes quantes vegades perquè el genoll em feia una mica la guitza, però ja m'ha passat, ara continuo.

L'Horaci la va mirar fixament als ulls i va veure clarament les intencions de la dona i allò que pretenia. Per això li preguntà:

—I el Ventolín, Maria? Per què l'has portat?

La Maria va intentar de treure ferro a l'assumpte i va respondre amb dilacions, per això l'Horaci la va agafar per l'espatlla i es van allunyar d'en Francesc. Un cop es van quedar sols, el veterà professor li preguntà mostrant tota la franquesa que li permetien els seus anys d'experiència:

—Tu has vingut aquí per complir una promesa i per donar gràcies per alguna cosa, oi?

—Com ho saps? —preguntà ben sorpresa.

—Perquè és la meva feina saber-ho i perquè estàs fent les coses més amb el cor que amb el cap. Mira, Maria, això que ara et diré ho has d'entendre ben bé i hauràs d'optar per actuar amb el cap per al bé de tots.

—Què m'has de dir, Horaci? —va dir la dona mig espantada.

—Escolta, Maria, jo sé que tens un motiu molt important per poder continuar caminant. No sé quin és, però estic del tot segur que és importantíssim per a tu. Per això has vingut aquí i aquesta actitud t'honra, però pensa que el que vols fer és una imprudència, i jo com a responsable de la Pujada no et puc deixar venir. No pots posar la teva vida en perill. M'entens, oi?

Aquella dona s'escoltava atentament les paraules de l'Horaci i no va poder evitar de començar a vessar unes llàgrimes que li van negar uns ulls castanys immensos. Unes llàgrimes d'impotència que no amagaven una gran decepció. L'Horaci la va abraçar afectuosament i intentà de consolar-la mentre ella sanglotava:

—Pensa, Maria, que el que és més important és la intenció, i estic del tot segur que la Verge de Montserrat és això el que et valorarà. Ara, si vols, en Francesc t'acompanyarà fins a l'inici i allà pots tornar a casa teva. No pateixis per la teva filla. Ella seguirà amb nosaltres. Si vols truca-li i digues-li que te'n tornes, d'acord?

La Maria Zambrano va començar la baixada amb el cap cot, però amb la consciència tranquil·la. No podia ser una rèmora per a la resta i no es podia arriscar a patir un atac d'asma. Per això va agrair les paraules que li havia dirigit l'Horaci; la seva figura es va perdre muntanya avall i va voler baixar sola (no trigaria ni deu minuts a arribar a l'inici).

La primera baixa de la Pujada a Montserrat va ser la causa de l'acumulació d'un retard d'un quart d'hora, però també va servir per reagrupar el gran grup per continuar la ruta per Collserola.

L'Adrià se sentia pletòric de forces i animadíssim, i aquesta vitalitat la contagiava als seus amics, que ja s'havien començat a recuperar de l'esforç inicial i anaven adaptant els seus cossos al ritme continuat i àgil que marcava l'Horaci Pous. Tots quatre anaven altre cop al davant:

—Quants hem vingut de la classe? —preguntà la Irene.

—Em sembla que del nostre curs som en Juanjo, la Carme, en Lluís, la Rut, en Manu, la Mireia, en Jordi, la Sara i l'Arnau —respongué l'Adrià—. Juraria que som el curs més nombrós.

—Us heu fixat quants exalumnes s'han apuntat? —va dir la Raquel.

—Ja veig que te'ls has repassat a tots —digué irònicament l'Adrià.

—No t'ho negaré; n'he vist uns quants a qui després demanaré el telèfon —replicà la Raquel intencionadament.

L'Adrià va remugar quan va comprovar que la broma li havia sortit al revés i el comentari de la Raquel li havia molestat, tot i així va intentar de no variar l'expressió de la cara i seguia amb el seu somriure encantador.

—Sabeu què, nois? —digué la Irene—, a mi m'agradaria molt poder fer com aquests antics alumnes. Fixa't que n'hi ha que passen dels trenta anys i segueixen venint a la Pujada. És una manera de no perdre el contacte amb l'escola i amb els amics.

—Doncs a mi no m'hi veureu més el pèl, en una sortida d'aquestes, si l'organitza l'escola —digué en Sebas afegint-se a la conversa—. Com a màxim aniré sol a fer la Pujada, no em cal ningú més.

—I llavors per què has vingut? —preguntà l'Adrià.

—Per demostrar-vos a tots qui és el millor. Qui creieu que arribarà el primer? Doncs jo, igual que l'any passat.

En Sebas era un any més gran, ja que havia repetit segon de Primària, per això aquell era el tercer any que realitzava la Pujada a Montserrat, i per a ell era una mena de competició, ja que l'Horaci Pous sempre marcava el ritme, però fins a Collbató. Després s'iniciava la pujada final a la muntanya de Montserrat i l'Horaci donava via lliure perquè cadascú anés al seu ritme. Hi havia un grup d'alumnes i exalumnes que s'agafaven aquells darrers quilòmetres com una mena de competició i es disputaven un hipotètic triomf en aquella cursa improvisada i prestigiosa alhora.

En Sebas era atleta... i dels bons.

En Sebas era el campió de Catalunya de quatrecents metres lliures i posseïa unes capacitats físiques excepcionals, però tenia dos grans defectes: era un gandul i un superbiós de cap a peus.

—Però la Pujada a Montserrat no té ni vencedors ni vençuts; és un repte per a tothom —digué la Irene.

—Això ho dius tu. Per a mi només té un sentit, i és el de guanyar per demostrar que sóc el millor i tothom que arriba darrere meu o qui es queda a mig camí —i mirà sardònicament l'Èric— és un dèbil i no val per a res.

—Doncs vas força equivocat —contestà la Raquel—. Aquesta no és la intenció de la Pujada a Montserrat.

—Mira, noia, la Pujada és un reflex de la vida: s'ha d'aconseguir ser el millor en tot, perquè els primers sempre són els que triomfen, els qui tenen el poder, i la resta sempre estaran per sota d'aquests, seran els seus subordinats.

—I la solidaritat i el servei als altres?, i compartir?, i la generositat?, i l'esforç conjunt per arribar al final?

—Tot això són ximpleries.

—Doncs per a mi també és una ximpleria parlar amb tu —va contestar indignada la Raquel.

—Potser ho és, però no pots evitar-ho, perquè no podem evitar de sentir-nos atrets pels millors...

—Ja no aguanto més; vés-te'n cap endavant i guanya la teva cursa!

—Doncs sí, anem —va dir a en Pere Lluís—. Però pensa en tot el que t'he dit. Tu no ets cap excepció, Raquel; tots volem el millor i estar amb els millors —afirmà reblant el clau.

L'expedició va fer una aturada a Can Borrell, una masia situada al bell mig de Collserola. Allà van poder descansar cinc minuts i beure un glop d'aigua fresca d'una font. Aquelles aturades tenien la intenció de reagrupar el pilot, que sempre tendia a tibar-se com una goma; d'aquesta manera es contreia fins a la propera estirada. Un cop finalitzat el curt descans, l'Horaci feia un crit i... tothom dret!, tot i les protestes de la majoria, que haurien volgut descansar una estona més. L'excursió, però, havia de seguir a un ritme continuat i no es podien permetre el luxe d'alentir-lo per caprici. L'Èric, la Raquel, la Irene i l'Adrià es van situar cap al final del gran grup. La sort de ser tants participants era que tothom es podia relacionar, i per això la Pujada era una magnífica oportunitat per aprofundir la convivència amb els altres. Es van posar a parlar amb un grupet d'alumnes de tercer; per tant, uns novells de l'excursió. Entre ells s'hi trobava en Roger Faulí, un noi prim com un secall i força desnerit. Tots havien quedat ben sorpresos quan s'assabentaren que volia participar a la Pujada a Montserrat, fins i tot l'Horaci no ho tenia gens clar; dubtava de la seva condició física i no sabia si podria arribar fins al final. Per això li va insinuar de no prendre-hi part, però en Roger va insistir de tal manera que no tingué cap més remei que acceptar-lo. Mentre la resta d'alumnes xerrava animosament, ell es concentrava en cada passa i economitzava les paraules; tal vegada semblava que no volgués malbaratar unes forces que més endavant li haurien de ser necessàries.

De cop i volta l'Adrià es va aturar.

—Nois, espereu-me un moment, que he de canviar l'aigua de les olives!

—Però si fa ben poc que hem començat! —proferí la Raquel—. No et pots aguantar fins a Sant Cugat?

—Però què dius? Si no hi ha res millor que pixar al mig de la muntanya!

—Això tu, que pots fer-ho tan alegrement...

—Doncs sí, algun avantatge havíem de tenir els homes, oi?

—Algun? Vols que t'enumeri tot allò que hem d'aguantar les dones i vosaltres no us podeu imaginar ni de què es tracta?

—Bé, bé, no cal que et posis així, Raquel; espereu-me un segon que ara vinc.

L'Adrià es va desviar momentàniament del petit camí que anava travessant Collserola i es va internar en un marge, i al peu d'un roure va començar a *feinejar.* De cop i volta, fixà la seva vista en un matoll que es movia i de sobte va aparèixer un porc senglar que li va estruncar instantàniament la *feina* que havia encetat. Una suor freda el va envoltar en mil·lèsimes de segon i va començar a tremolar com una fulla. La inseguretat es va convertir de cop i volta en un pànic desmesurat que li va provocar cordar-se la bragueta tot esgarrapant-se allà on feia més mal, i va començar a cridar i córrer cames ajudeu-me. L'animal es va espantar i va reaccionar de la manera més lògica: perseguint esverat aquell esperitat que cridava i corria talment com si les tornes haguessin canviat i fos ell l'animal. El magnífic exemplar, que devia pesar al voltant dels cent quaranta quilos, mostrava uns ullals poderosos i envestia tots els matolls que trobava al seu davant. Quan els tres amics van veure l'Adrià corrent com un desesperat i al darrere seu una massa voluminosa de color negrós, van procedir igual que el seu company, i quan estaven a punt d'atrapar en Francesc, que era qui tancava el grup, i mentre el senglar gairebé fregava les cames de l'Adrià i esbufegava, van sentir un espetec sec. Llavors, el porc senglar va caure a terra i va començar a agonitzar. Tot seguit va aparèixer un home de mitjana edat, es va acostar a l'animal i a boca de canó el rematà amb dos trets d'una escopeta que carregava amb unes bales immenses. L' havia mort... i els havia salvat. L' expedició es va aturar de cop, i amb l'efecte acordió tothom se n'assabentà de tot allò que havia passat.

—Heu tingut molta sort que l'hagués localitzat ja fa una estona —digué aquell home—. Mig minut més tard i no ho hauríeu explicat.

En aquell moment va arribar l'Horaci Pous panteixant. Es va situar al costat d'en Francesc i li va preguntar:

—Què ha passat?

—Bona tarda —digué l'home—. Em dic Enric Taradell i sóc guarda forestal del Parc de Collserola. Vostè és el responsable de l'excursió?

—Sí, senyor —va dir l'Horaci.

—Aquest nano —i posà la mà al cap de l'Adrià, esbullant-li els cabells— ha estat atacat per un porc senglar, perquè ha fet el que mai no es pot fer amb un d'aquests animals. S'ho imagina, oi?

—S'ha posat a córrer —va contestar amb seguretat l'Horaci.

—Veig que és un home amb experiència.

—Moltes gràcies. Aquest noi li deu la vida, però amb els anys que portem fent excursions per aquestes muntanyes és el primer cop que ens trobem amb un porc senglar.

—És una plaga, ja n'he matat quatre aquesta setmana. Fixi's que l'Administració ens ordena que els sacrifiquem perquè són una amenaça per a l'ecosistema, i de vegades arriben a les masies i s'alimenten de deixalles, però mai no n'havia vist cap reaccionar de manera tan violenta. Normalment quan s'espanten arrenquen a córrer, però cap a una altra banda.

L'Adrià restava blanc com la cera sense poder fer cap comentari. Va intentar balbucejar un «gràcies» quan el guarda es va acomiadar d'ells. Tot i així, l'expedició va continuar caminant i va deixar el camí de bosc per dirigir-se cap a una pista forestal força ampla que hagueren de compartir amb uns quants ciclistes que practicaven la bicicleta de muntanya. Mitja hora més tard van passar pel costat del Pi d'en Xandri, un arbre monumental que era el senyal que la pista finia i estaven arribant a Sant Cugat: la primera etapa de la Pujada s'acomplia i ja albiraven els primers pisos d'aquesta ciutat de la comarca del Vallès Occidental.

SEBAS

Sóc el millor i per això vinc a fer la Pujada a Montserrat, perquè tothom vegi qui mana, perquè tothom comprovi qui és el més fort i perquè tothom quedi admirat de la meva fortalesa. No hi ha cap altre motiu per fer aquests cinquanta-vuit quilòmetres. Si no guanyes no ets res, per això no em val ser segon, per a mi seria un desastre (que és impossible que succeeixi perquè no hi ha ningú que m'arribi a la sola de la sabata). No entenc tota aquesta colla de mediocres que vénen a la Pujada amb l'únic afany d'acabar-la i arribar al final, encara que quedin a la meitat o fins i tot dels últims, no sé quin gust hi troben... A la vida hi ha els triomfadors i els fracassats, i els primers són els únics que valen la pena. Els segons no tenen dret a res i s'han de sotmetre als qui realment hem de dominar el món.

La Raquel és molt guapa i no tindré cap problema per aconseguir-la, ningú no se'm pot resistir. Per això amb quatre paraules que li digui ja n'hi haurà prou per fer-la meva.

Però el que realment vull és donar una bona lliçó a l'Adrià, que es recordi tota la vida de qui sóc jo, i aquí a la Pujada a Montserrat el ridiculitzaré davant de tothom, no en tinc cap dubte.

4. SANT CUGAT (divendres, 19.00 h)

Dues hores després de començar la Pujada, els excursionistes van arribar a Sant Cugat del Vallès i es van dirigir cap a una avinguda molt ampla envoltada d'arbres i plena de parterres amb flors de tot tipus i colors. Allà es van aturar davant d'un supermercat i l'Horaci va dir a tothom que disposaven de vint minuts per descansar, anar al lavabo o aprofitar per comprar alguna cosa. Mentrestant, ell, juntament amb en Francesc, en Joan Ignasi, en Pep i la Maria —un matrimoni que voltava la quarantena d'edat i que ja feia anys que participava en aquella excursió— van aprofitar per anar a seure en una terrassa d'un bar situat a cinquanta metres del supermercat. Així podien tenir controlat tot l'alumnat i la resta d'integrants, mentre prenien un cafè de màquina que ja no tornarien a tastar fins l'endemà, quan arribessin de matinada a Collbató, la penúltima aturada. Mentre l'Horaci aprofitava per donar una ullada al mapa vell i esgrogueït que gairebé coneixia de memòria, en Joan Ignasi comentà:

—Aquest any em sembla que hem assolit un rècord, oi? Gairebé som cent cinquanta.

—Sí, Joan Ignasi —va contestar l'Horaci sense apartar els ulls del mapa—, i pensar que el primer any no arribàvem a una vintena i ens vam perdre de camí fins a tres vegades!

—Els alumnes i exalumnes han tingut una resposta magnífica —va dir en Francesc—. Tant de bo fossin tan participatius en la resta d'activitats col·legials!

—Tot rau en la motivació —comentà l'Horaci—. Aquests nois d'avui dia tenen més del que puguin desitjar i estan acostumats a una vida fàcil i còmoda, sense sacrificis i molt sovint sense reptes. Per això molts vénen a fer la Pujada a Montserrat, a part de l'aventura fora de casa, perquè per a ells és un intent de demostrar tot allò que poden fer. Tant de bo que l'any que ve aconseguiu fer venir molts més joves.

De cop i volta la taula va restar en silenci. La Maria trencà el mutisme:

—Aconseguiu? Deus voler dir aconseguim, oi?

—Ho heu sentit bé. Aquesta serà la meva darrera Pujada a Montserrat. Després de vint-i-sis anys ininterromputs crec que em mereixo descansar, i ja va sent hora —digué mirant-se en Joan Ignasi i en Francesc— que m'aneu prenent el relleu a l'escola. Les meves forces ja no són les mateixes, i tot i que em sento jove d'esperit i amb ganes, les cames no em responen igual. Tots coneixeu els meus problemes d'esquena, i aquests darrers anys arribar a la plaça de Santa Maria de Montserrat ha estat una autèntica odissea per a mi. Jo us ajudaré a preparar la sortida, col·laboraré en tot, però ja no hi participaré. Vosaltres n'haureu de ser els responsables.

Els professors i el matrimoni no sabien què dir; amb la cara de pomes agres que feien van demostrar que aquella decisió havia estat com un gerro d'aigua freda que els havia deixat gelats.

—Podeu dir alguna cosa —digué l'Horaci sorneguerament—. Hem vingut a fer la Pujada a Montserrat, no pas a un funeral!

—Tens raó —va dir en Francesc esbossant un somriure forçat—. El que passa és que no ens ho esperàvem. L'ànima de l'excursió ets tu.

—No és veritat; els autèntics protagonistes són ells —digué assenyalant els alumnes i exalumnes—. I ells continuaran venint encara que jo no hi sigui, o tu, o qualsevol responsable. A més, què pensàveu?, que faria la Pujada tota la vida?

—No —va respondre en Pep, que havia estat callat fins aleshores—, però potser no ens havíem plantejat mai que arribaria aquest dia.

—No en feu una muntanya, d'un detall insignificant —digué l'Horaci—. L'únic que us demano és que no digueu res a la resta. Ho vull dir personalment a tothom demà, quan arribem a la plaça de Santa Maria de Montserrat.

—D'acord —assentiren tots plegats.

L'Horaci va mirar el rellotge: les set i vint minuts, l'hora fixada per prosseguir, per això es va acostar a la barra del bar i va pagar el cafè de tothom. Llavors va agafar el vell bastó, el símbol del comandament, el va alçar i amb el xiulet va fer el senyal d'inici. Les noies i nois es van aixecar dels parterres de gespa, que havien estat improvisades catifes, i van reprendre el camí, un camí que havien de continuar força estona pel mig de la ciutat, tot despertant l'admiració dels ciutadans que veien aquell gran grup en marxa.

L'Adrià ja s'havia recuperat de l'ensurt, però això no evitava haver de sentir a cada moment la mateixa broma dels seus companys. «Adrià, vigila; un porc senglar», «Adrià, no vagis a pixar sol al bosc», «Adrià, tens cara d'aglà». Però lluny d'enfadar-se, el seu tarannà el feia riure's de la situació, i així demostrava la seva simpatia i bon humor. L'Èric sempre anava al seu costat. Eren carn i ungla des que van començar a anar a l'escola, tot i que tenien caràcters ben diferents: l'Èric era força apocat, mentre que el seu amic Adrià irradiava extraversió al seu voltant amb tothom, excepte amb en Sebas...

L'enfrontament venia de lluny.

Hi havia massa rancúnies.

Era una relació impossible.

Però abans havien estat amics inseparables.

Dos fets lamentables van provocar que es passés de l'amistat a un odi profund i recíproc. El primer tenia com a protagonista un noi, i el segon fou a causa d'una noia...

Des de ben petits —quan cursaven Educació Primària—, l'Adrià i en Sebas, en Sebas i l'Adrià, compaginaven a la perfecció. Sempre anaven junts a tot arreu: jugaven, reien i es divertien, tot i que anaven a cursos diferents, ja que en Sebas era un any més gran. Però no estaven sols; ni al món ni a les aules. Per això era ben normal que es relacionessin amb altres nois i noies de la seva edat.

I així va ser com va aparèixer l'Èric.

L'Èric era un nen a qui li costava confraternitzar amb els altres; de fet no tenia cap amic, i això no li havia passat per alt a l'Adrià, que s'havia fixat en aquell company de col·legi que a l'hora del pati sempre restava sol. Per això es va proposar d'acostar-s'hi, d'interessar-se per ell, i així va ser com va néixer una veritable amistat. Ara ja eren tres: en Sebas, l'Èric i l'Adrià. A poc a poc, però, en Sebas va començar a mostrar signes evidents de gelosia envers l'Èric, ja que li va semblar percebre que l'Adrià estava més per aquell nou amic que no pas per ell. Per això un dia va parlar seriosament amb l'Adrià i li va donar a escollir: o era amic seu o de l'Èric. A l'Adrià li va semblar una opció força egoista i va intentar d'arreglar la situació. Li va fer voler veure que ell era amic seu i que no havia de sentir cap mena d'enveja. Però aquelles paraules van ser debades i el que van provocar va ser un distanciament major per part d'en Sebas, que no volgué saber res d'ells dos.

Però l'autèntic problema va arribar uns quants anys més tard.

La desencadenant va ser una noia: l'Ester.

L'Adrià i en Sebas s'havien fet grans i ja estudiaven segon d'ESO. Anaven a la mateixa aula des de segon de Primària, el curs que va repetir en Sebas. La relació entre ambdós era pràcticament nul·la, però encara es parlaven i mantenien un respecte l'un envers l'altre. Però aquella tarda es va esfilagarsar el darrer nexe d'unió entre els nois. L'Adrià feia tres setmanes que havia començat a sortir amb una noia de la classe; era la seva primera relació i estava completament enamorat d'ella. En Sebas ho sabia i no li agradava gens aquella noia, però tot i així va començar a maquinar un pla sinistre: es va assabentar que una tarda l'Adrià i l'Ester havien quedat davant de la porta de l'escola, i llavors es van presentar dos amics d'en Sebas molt esverats i li van dir que a l'Èric l'havia atropellat una moto i l'havien hagut d'ingressar a l'hospital. A l'Adrià li va faltar temps per arrencar a córrer i seguir aquells nois, per agafar un autobús i anar a veure el seu amic. Mentrestant, en Sebas es va presentar a la cita i va trobar l'Ester. Llavors li va dir que l'Adrià no hi havia pogut anar perquè havia hagut de marxar de sobte amb els seus pares i li havia demanat com a favor que ell ocupés el seu lloc. Per això —si volia— la podia convidar al cinema i a anar a prendre un gelat. Ella va accedir i... no es va poder resistir als encants d'en Sebas.

Es van enrotllar.

I l'endemà en Sebas va fer ostentació de la seva «conquesta» a un Adrià a qui encara li durava l'enuig amb els amics d'en Sebas, ja que a mig camí li havien dit que allò es tractava d'una broma.

Una broma ben pesada.

Des d'aquell dia la relació amb en Sebas va ser nul·la, i un deix d'odi mutu els embolcallava.

L'expedició havia abandonat la ciutat de Sant Cugat i començava a recórrer els seus afores. Van passar per davant del CAR (Centre d'Alt Rendiment) i els van saludar un grup de nedadors que feien una pausa dels seus durs entrenaments. Tot seguit van continuar la ruta cap als estudis de TVE, i a partir d'aquell moment van deixar la civilització per tornar a internar-se cap a una pista forestal. La nit començava a fer acte de presència i els primers rajos de les lots van començar a il·luminar el recorregut. L'Horaci restava al capdavant marcant un fort ritme, quan de cop i volta se sentí un gran crit.

Un alumne de quart d'ESO renegava a cor què vols mentre saltava a peu coix. La seva cara era la viva expressió del dolor. L'Horaci s'hi va acostar i va poder comprovar la causa d'aquell esgarip. L'Ernest —era el nom d'aquell noi— s'havia clavat un clau de fuster de ben bé set o vuit centímetres de llargària a la planta del peu; la vamba no havia pogut impedir la penetració d'aquell cos estrany, que va arribar a foradar la sola. A més a més de la forta punxada, el clau era rovellat, per això la Pujada a Montserrat per a l'Ernest, malauradament, ja havia arribat a la seva fi. Li van desinfectar la ferida, però gairebé no podia ni posar el peu a terra... I encara quedava un bon tros per arribar a Les Fonts de Terrassa. Per això van decidir d'anar portant-lo en braços entre uns quants caminants tot fent relleus, quan el camí fos pla, i quan el camí es fes costerut cap amunt o cap avall ja idearien d'altres formes per poder transportar-lo. La pista forestal era força concorreguda a aquelles primeres hores del vespre per un públic molt concret: parelles que cercaven un moment i un espai d'intimitat per poder practicar uns jocs amorosos que no podien realitzar a cap altre lloc amb més comoditats. Cada cop que l'expedició passava pel costat d'un d'aquells cotxes aparcats als marges dels camins, gairebé tota la jovenalla —alumnes de tercer i quart d'ESO— proferien uns crits, talment com energúmens, i començaven a il·luminar els automòbils amb desenes de lots, fet que devia provocar, de ben segur, un estronçament i una por a la pobra parella, que s'havia vist sorpresa per una multitud de curiosos que anaven caminant pel mig del camp a aquelles hores. Amb els vidres entelats, els alumnes no aconseguien de veure res de res. Ara bé, les riallades que proferia aquella gran massa de nois i noies bromistes es devien sentir, certament, des de Badalona.

L'Èric i l'Adrià havien anat a parar al final del gran grup, al costat dels professors Francesc i Joan Ignasi; mentre que la Irene i la Raquel es van mantenir al bell mig del pilot. En aquell moment s'hi van acostar en Sebas i en Pere Lluís i van encetar una estona de conversa amb elles:

—Això de l'Ernest ha estat molt mala sort, quina ràbia! —digué en Sebas dirigint-se a la Raquel.

—Ho dius per fer conya? —respongué malcarada la Raquel.

—Que poc que em coneixes! —va contestar tot fent la seva cara més amable.

—Conec el que tu ensenyes, i per ara tot el que he vist no m'ha agradat gens.

—I què haig de fer per aconseguir esborrar de la teva ment aquesta mala imatge que tens de mi? Jo estic disposat a fer tot el que tu vulguis.

En Pere Lluís i la Irene assistien a aquell diàleg com a convidats de pedra, i ambdós van sentir que potser allà hi sobraven. Per això en Pere Lluís va disminuir el pas expressament i va intentar que la Irene també alentís la marxa per poder deixar sol el seu amic amb aquella noia.

I ho va aconseguir.

La Raquel i en Sebas van poder continuar parlant sense embuts i sense ningú que els interrompés la seva conversa.

—No m'has contestat la pregunta que t'he fet —insistí en Sebas, tot mirant-la als ulls.

—Hauries de ser més amable amb tothom.

—Jo sóc amable; això no vol dir que sigui una mena de monja solidària.

—I menys orgullós...

—Tothom ha de tenir el seu caràcter, no trobes? Si no tens personalitat no ets res en aquesta vida.

—I més humil...

—Però això és un judici, o què?

—Tu m'has dit que et contestés la pregunta, oi?

—Sí, però has estat molt dura, no? Jo pensava que eres més... més dolça.

En aquell moment la Raquel es va començar a mirar en Sebas amb uns altres ulls. «Tal vegada no és tan fanfarró com semblava», va pensar dins seu.

Van seguir caminant junts i conversant de tots els temes possibles, durant tres quarts d'hora, fins que van deixar la pista forestal i es van començar a internar en una ciutat: Les Fonts de Terrassa. Van mirar el rellotge i gairebé eren les deu del vespre. Un lleuger soroll dels budells els indicava que ja anava sent hora de començar a sopar. Van passar per davant d'una casa fantasmagòrica, que mai no havien arribat a esbrinar de qui era i que sempre havien vist tancada i barrada. Les seves gàrgoles malcarades semblava que els anunciaven l'entrada a una població creuada per un riu, el Llobregat, que metres més endavant van travessar per damunt d'un pont, on al bell mig hi restava una placa que esdevenia un record funerari de la riuada de 1962, que tantes víctimes havia provocat en aquella comarca. Cada cop que passava per allà, a l'Horaci se li eriçaven els pèls i observava un riu que els aniria acompanyant durant tot el recorregut cap a Montserrat. Un riu que fluïa amb la mateixa tranquil·litat traïdora dels rius de la Mediterrània, que són capaços en poques hores de pujar a nivells mortals. Eren pocs els alumnes, pares i exalumnes que s'havien fixat en aquella placa i seguien el camí cap a l'estació de tren, primer punt de trobada amb la resta de l'expedició: els cotxes escombra.

5. LES FONTS DE TERRASSA
(divendres, 22.00 h)

Quan va arribar l'expedició a l'estació de tren de Les Fonts de Terrassa, ja els estaven esperant tots els cotxes escombra, amb les vitualles a punt.

Els cotxes escombra eren l'element imprescindible per poder fer una caminada d'aquelles característiques. Era un conjunt de voluntaris; de pares i mares motoritzats que s'encarregaven d'efectuar tot tipus d'assistència als participants de la Pujada a Montserrat. Sense ells no es podria realitzar aquella excursió, perquè a part d'oferir refrescos i menjar, la seva feina més important era la de tenir assegurat un grup de cotxes per poder encabir-hi a les previsibles baixes que durant la nit anirien sorgint. La feina d'assistència mèdica i de «recollida» dels abandonaments era l'essencial. Fer de cotxe escombra era viure la Pujada a Montserrat des d'un altre vessant, on la companyonia i el bon ambient entre pares i d'altres professors era patent. L'únic perill que havien d'evitar els integrants d'aquella mena de brigada motoritzada era el de la somnolència, ja que havien de passar tota la nit en vetlla i al volant, per això entre aturada i aturada havien d'aprofitar, obligatòriament, per fer un cop de cap.

El nombre de «retirats» a la Pujada acostumava a ser de l'entorn del deu per cent dels participants. Sempre a causa de motius ben diversos: butllofes a les plantes dels peus, esquinçaments dels turmells, sobreesforços de les articulacions (majoritàriament del genoll) i, sobretot, el cansament acusat o l'engarrotament dels músculs per culpa del refredament provocat després d'una aturada.

Tots els caminants van anar seient —al terra d'una esplanada— en grupets i es van disposar a començar el sopar: un parell d'entrepans i una llauna de qualsevol refresc.

L'Èric, l'Adrià, la Raquel i la Irene van seure junts envoltats d'uns quinze alumnes de quart d'ESO, i mentre anaven obrint els embolcalls de paper de plata dels entrepans, l'Èric es va començar a descordar les vambes i es va treure curosament els dos parells de mitjons, sota l'atenta i encuriosida mirada dels seus amics. Un cop nu de peus, es va començar a eixugar amb parsimònia la suor; dit per dit i, sobretot, posant molta atenció en els espais d'entremig de les extremitats. A continuació, va fer la mateixa operació amb les plantes dels peus, i finalment s'aplicà un lleuger massatge amb una pomada antiinflamatòria des dels genolls cap a baix.

—Quan acabis em pots fer aquest mateix massatge —va dir amb picardia la Raquel.

—Si vols ja te'l faig jo —s'avançà l'Adrià.

—No, gràcies, veig que l'Èric té millors mans...

—Això perquè no em coneixes i no has provat les meves...

—Bé, bé —va dir l'Èric—, si pogués evitaria de fer tota aquesta mena de ritual, però aquest any vull arribar sigui com sigui a Montserrat.

—Sí noi —digué la Irene—, no els facis cas perquè tens tota la raó; el més important és poder arribar. Heu vist quina mala sort ha tingut l'Ernest? Ell que és tan *catxes* i mira'l.

—Pobre! —exclamà l'Èric—. Perquè una cosa és que el cos no et respongui, però trobo que ha de fer més ràbia quedar-te fora de combat per culpa d'un accident absurd.

—Doncs mira, encara sort que feia poques hores que havia començat la Pujada —va comentar la Irene—, perquè si això et passa demà a la matinada, quan estàs a punt d'arribar... jo em posaria a plorar.

—Ei, nois! —va dir la Raquel—, he rebut un missatge al mòbil. És de la meva mare.

—I què diu? —preguntà la Irene.

—Mireu-lo —i ensenyà la pantalla del telèfon, on es podia llegir: «*Kom va?, tot b? Ptons x tots i sit kanses rtirat.*»

—Carai, quina mare més enrotllada que tens, no? —digué l'Adrià—. Si escriu els SMS com nosaltres.

—I quins ànims que et dóna, no? —va dir l'Èric.

—Sí, ja veus què em diu. Què es pensa?, que he de fer cinquanta-vuit quilòmetres sense cansar-me? De vegades penso que pixa fora de test.

—Els meus pares fan igual —afirmà l'Adrià—. Són superproteccionistes amb mi; de vegades penso si mai han estat fills o només són pares. Que no es recorden de quan tenien la nostra edat?

—Ara ho has dit —reafirmà la Irene—. Els queda tan lluny la seva adolescència i joventut, que o no se'n recorden, o no ho volen recordar. Després et vénen amb el rotllo que «abans les coses eren molt diferents» o «no es poden comparar els nostres temps amb tot el que hi ha avui dia», i també «esteu envoltats d'uns perills que a la nostra època no existien»... «Ui, les drogues, si amb prou feines sabíem de què ens estaven parlant, i ara es poden trobar pertot arreu, a qualsevol hora i a qualsevol lloc.» Sempre amb les mateixes frases, sempre amb les mateixes respostes.

—Tu saps el que m'ha costat que em deixessin venir a la Pujada a Montserrat? —va dir la Raquel—. Ja fa dos mesos (abans d'acabar l'estiu) que vaig començar a preparar el terreny; m'han preguntat tots els detalls de l'excursió: qui aniria, en què consisteix, com es fa, per on anem... Només els ha faltat obligar-me a fer unes proves mèdiques per analitzar el meu estat de salut i així veure si hi podria anar.

—Ja t'ho deia —es reafirmà l'Adrià—, superproteccionistes, i ho volen tenir tot ben controlat. «Amb qui surts aquesta tarda?», «On anireu?», «Aquell noi que vas portar l'altre dia a casa no el conec, de qui és fill?», «No m'agrada com van vestits els teus amics», «No et podries buscar amics més "normalets"?», «Dius que et vols fer un pírcing? Ni parlar-ne, però tu estàs boig o què?». Sempre les mateixes preguntes i afirmacions, amb la veritat absoluta per part d'ells; ja n'estic ben fart.

—El problema —intervingué l'Èric, que havia estat molt atent i callat fins aleshores— és que tenim quinze anys, vivim a casa dels nostres pares, no guanyem diners, perquè no treballem, som uns mantinguts i per això no tenim cap dret a reclamar res de res. En això potser no hi pensem, perquè només volem el que demanem i el que demanem acostuma a ser tot sense voler cedir ni un mil·límetre. A més, els nostres pares volen tot el millor per a nosaltres, no ho creieu?

La Raquel, la Irene i l'Adrià se'l van mirar amb cara de sorpresa quan van haver sentit tot aquest discurs propaternalista i amb el colofó del darrer comentari, per això van trigar uns segons a poder reaccionar.

—Carai, Èric! —exclamà l'Adrià—. Ara sí que m'has deixat de pedra amb tot el que has dit.

—No sóc un mentider —va afirmar seriosament l'Èric—. Potser jo tinc molta sort, però us puc dir que em porto de meravella amb la meva mare; ja sabeu que no tinc pare. Gairebé mai no em discuteixo i no tinc cap problema amb ella. A més, me l'estimo moltíssim.

Després d'aquestes darreres paraules, l'Èric es va aixecar d'una revolada i marxà corrents, davant la cara d'estupefacció dels seus amics, que es van quedar amb un pam de nas.

—Però, què li ha passat? —preguntà la Irene.

—No ho sé —respongué l'Adrià—, però ho haurem de descobrir, ja fa uns quants dies que està així; sembla més enfadat i està força susceptible. Alguna cosa li volta pel cap i el preocupa, però com que és tan tossut costa moltíssim treure-li un parell de paraules de la boca. Ell reacciona així, ja veieu, fuig i s'ho queda tot a dins.

—Abans, al metro, ens ha dit allò de la promesa, us en recordeu? —va dir la Raquel—. Potser té a veure amb aquesta reacció i amb aquesta mena de malestar que pateix. No ho sé, això són suposicions meves...

—Potser sí. Tindrem tota la nit per intentar treure-li-ho —comentà l'Adrià.

—Bé, i ara què fem? —preguntà amb preocupació la Irene.

—Res, deixa'l, no et preocupis, perquè això li passarà al moment, d'aquí a un minut tornarà amb nosaltres i farà veure que no ha passat res. Me'l conec com si l'hagués parit...

Els tres professors no van seure a terra per sopar amb comoditat, ja que anaven voltant a banda i banda saludant els pares i les mares que ocupaven la vintena de cotxes escombra que s'havien aplegat. A alguns d'aquests només els veien un cop a l'any, ja que eren pares i mares d'exalumnes que ja no participaven en la vida escolar, però que tenien una cita anual amb l'Horaci i la Pujada a Montserrat, a la qual no fallaven mai. Amb això es demostrava que la petja de l'Horaci els il·luminava i els havia arribat fins al moll de l'os. Amb tots aquells homes i dones compartien quatre paraules, un somriure, un gest amical, unes abraçades o petons. Gràcies a aquells integrants, i a la seva feina (sempre a l'ombra) de recollir els lesionats, procurar-los un refresc, una tireta, galetes, ànims... es podia dur a terme aquella excursió. Sense ells seria irrealitzable.

Sota la llum d'una lluna plena que restava solitària, sense cap núvol que la pogués apaivagar, el gran grup es va acomiadar de l'assistència motoritzada fins a la darrera aturada, i sota el comandament de l'Horaci Pous, que va tornar a xiular i a moure el gaiato, va reprendre la marxa. Ja havien efectuat gairebé uns vint quilòmetres, és a dir, una tercera part del recorregut total, i el cansament començava a fer acte de presència, una presència que aniria augmentant inexorablement a mesura que anessin passant les hores i en forma de dolor; un dolor que només es podria alleugerir amb la força de voluntat que els hauria d'anar impulsant. Després de gairebé tres quarts d'hora d'aturada per sopar (la pausa més llarga de tota l'excursió), la represa costava molt més, ja que s'havien de desentumir els músculs, i per poder arribar a l'hora prevista l'Horaci marcava un ritme ben fort, el mateix ritme alegre que havia desenvolupat des del començament —ara feia gairebé sis hores— al Velòdrom d'Horta.

El camí que els menava cap a la propera aturada era d'asfalt, perquè creuava tot un seguit d'urbanitzacions plenes de torres amb gossos vigilants, que amb els seus lladrucs amenitzaven la caminada amb una cridòria ben molesta i indicaven als seus amos que una altra expedició cap a Montserrat passava per aquells verals. La ruta del GR 6 cap a Montserrat tenia el gran handicap que d'uns anys ençà havia perdut molts quilòmetres de bosc i de pista forestal en detriment de l'asfalt de les urbanitzacions. Un asfalt que molestava moltíssim els peus dels caminants, perquè aquell terra dur i aspre era el principal causant de les temudes butllofes, ja que actuava com una mena de paper de vidre per a la sola de la vamba i provocava una sensació abrasiva i de cremor molt molesta per als excursionistes. A més, les urbanitzacions havien contribuït a un augment de les edificacions sense límits. Fins i tot un any no van trobar les marques vermelles i blanques del GR 6 perquè s'havia construït un xalet il·legal al bell mig del camí; posteriorment es va informar d'aquest fet les administracions i es va enderrocar l'habitatge. Això havia arribat a enterbolir un paisatge que ja no tenia res a veure amb el de les primeres edicions de la Pujada, ara feia més de vint anys.

Mentrestant, l'Ernest, el noi que s'havia punxat amb aquell clau de fuster, va ser portat pels seus pares a un centre d'assistència primària de Sant Cugat perquè li curessin el peu, i ara mateix se'n tornava cap a casa. Va ser l'Horaci qui ho va explicar a l'expedició, tot informant que feia pocs minuts que havia parlat pel telèfon mòbil amb els pares d'aquell noi.

Ben bé, els fets que ocorren de vegades semblen predestinats, talment una coincidència de la roda de la fortuna. Per això, quan els excursionistes duien una hora de camí entre urbanitzacions, amb moltes pujades i baixades i els quatre amics van sentir aquells gemecs de dolor uns deu metres per endavant, van pensar que havia tornat a succeir... Aquell cop va ser una noia, que va caure a terra a causa del fort dolor que va notar a la planta del peu com a conseqüència de la fiblada, i que gairebé li va provocar un mareig.

Un altre clau de fuster.

El segon d'aquella nit començava a fer sospitar...

IRENE

No n'estic gens segura. No és que sigui gaire guapo, diguem que és bufó, però té un no sé què que m'atrau. Potser és aquesta timidesa exagerada, que es podria complementar perfectament amb la meva, potser és la sensibilitat que aparenta en la seva forma de parlar, de moure's i d'actuar. La veritat és que fer aquesta bogeria de Pujada, ben cert, ha estat perquè l'Èric la feia i vull que es fixi en mi. Bé... també la faig perquè la Raquel ja s'havia animat anteriorment a fer-la i jo no podia deixar-la penjada.

Però... és tan misteriós l'Èric... Té aquells ullets malenconiosos que quan em miren em fonen i no puc dissimular de cap manera. Estic segura que ell nota que li vaig al darrere, però... Per què no em diu res? Espero que aquesta Pujada a Montserrat sigui el moment oportú per poder-li expressar els meus sentiments, o potser ho farà ell? No ho sé, la veritat és que estic supernerviosa i il·lusionada. Tant de bo tingui sort.

6. AFORES DE TERRASSA (dissabte, 00.30 h)

Sembla molt estrany trobar dos casos en una mateixa nit en què uns excursionistes es punxin el peu amb conseqüències tan funestes. Sembla molt estrany trobar dos claus de fuster en llocs ben diferents, i sobretot és ben rar que estiguin situats en posició vertical.

Aquells fets eren molt sospitosos i així ho van pensar l'Horaci, en Joan Ignasi i en Francesc. Per això, quan van arribar a la propera parada, que s'efectuava al costat d'un restaurant, als afores de Terrassa, i després d'acomiadar-se de la noia que s'havia punxat el peu, que plorava més per l'amargor de no poder acabar la Pujada que pel dolor, que encara era força intens, van decidir parlar sobre l'assumpte. Mentrestant, la Irene, la Raquel, l'Adrià i l'Èric eren al davant d'un dels cotxes escombra carregant-se d'aigua i d'unes quantes galetes, i també comentaven el llastimós incident:

—A mi tot això em sembla molt estrany: torçades de peu, caigudes... Sí que poden ser habituals, però el que els ha passat als nostres companys, creieu que és un accident? —interrogà la Irene.

—Jo crec que no —afirmà amb rotunditat l'Adrià.

—Llavors què penses? —va preguntar la Raquel.

—Jo penso exactament el mateix que vosaltres. Qui creu que això pot ser un accident? No té cap mena de lògica; això és que algú ha deixat els claus de cap per amunt perquè ens fem mal.

—Val, d'acord —va dir l'Èric—, però pensa que els claus tenen el cap rodó o pla i s'aguanten verticalment... però no gaire temps. Una ventada, els mateixos animals que poden passar pel damunt; hi ha cinquanta mil coses que poden fer que aquests claus ja no estiguin en posició horitzontal.

—Sí, però si es posen al moment tenen més possibilitats de mantenir-se rectes, oi?

—Què estàs pensant, Adrià? —preguntà la Raquel.

—Crec que qui ha col·locat aquests dos claus és algú que està fent ara mateix la Pujada a Montserrat amb nosaltres.

—Però com pots arribar a pensar això? Per què algú ens voldria fer una mala passada com aquesta? —preguntà sorprès i indignat alhora l'Èric.

—Tu posaries la mà al foc per tots els qui estem caminant aquesta nit? —va interpel·lar mirant-lo fixament als ulls, sota l'atenta mirada de les noies.

—Bé, no conec tothom...

—O no coneixes tothom, o coneixes gent que té molt mala llet, oi?

—Sí, Adrià, tens raó, però si fos així seria molt fort.

—Per això haurem de descobrir qui pot haver estat.

—I com ho farem? —preguntà la Raquel—. Ens posarem a regirar una per una les, gairebé, cent cinquanta motxilles que hi deu haver?

—No ho podem fer, Raquel —va contestar amb fermesa l'Adrià—. Però podríem començar obrint bé els ulls i veient una mica la situació dels ferits en el moment de l'accident i pensar qui podien tenir al davant.

—I així què aconseguim? —preguntà intrigada la Raquel.

—Doncs podem reduir el cercle; hi ha gent que sempre acostuma a caminar al mateix lloc, cap endavant, cap endarrere o al mig. Per sort no tothom es mou com nosaltres, que ara anem aquí i després anem allà...

Mentrestant, els tres professors van arribar a les seves conclusions:

—Hi ha algun malparit que ens vol sabotejar la sortida —va dir obertament en Joan Ignasi.

—Tu has vist algun moviment estrany? —preguntà amb preocupació l'Horaci.

—No, i no tinc ni idea de qui pot ser. Creieu que un noi o una noia pot gastar tanta mala llet? Aquí a la Pujada no pot ser de cap manera. A l'escola en poden fer de totes mides i colors, però aquí... tots estan per ajudar-se i regna el bon ambient.

—No sé què dir-te —intervingué en Francesc—. Et veig molt optimista, però jo crec que n'hi ha més d'un que és capaç de fer-ne una d'aquestes i fins i tot més grossa. Voleu que repassem la llista de tots els alumnes que ens hem emportat fins aquí?

—No cal —digué l'Horaci—. Ara no som a l'escola, però hem d'estar atents. A partir d'ara en Francesc anirà sol tancant el grup i a tu, Joan Ignasi, et vull cap al mig per veure si esbrines alguna cosa, d'acord? Si veus res d'estrany m'avises.

La Irene es va treure la vamba esquerra i el mitjó suat. Ràpidament l'Èric es va interessar per ella:

—Què et passa?

—Res, em sembla que m'ha entrat una pedreta i me l'estava traient.

Seguidament es va tornar a calçar i va donar un parell de passes; va tornar a seure i li va dir:

—És que no se me n'ha anat, aquesta maleïda pedra!

—Ah, no? Em deixes donar un cop d'ull a la planta del teu peu?

—Sí, és clar. Per què?

—Aquesta pedra que dius que no vol marxar és un pèl sospitosa, no?

Amb una llambregada l'Èric ja en va tenir prou per comprovar de què es tractava la «pedra». No era res més que un petit problema, que amb el temps aniria creixent.

—T'està sortint una butllofa.

—Ah sí? Doncs no em fa gaire mal. N'estàs segur, que és una butllofa?

—Seguríssim, és una mena de puntet blanquinós i no et fa gaire mal, però això és la punta de l'iceberg.

—No t'entenc. Què vols dir amb això?

—Ara no et fa mal, però sento dir-te que a poc a poc t'anirà molestant més, fins que et començarà a fer mal de debò.

—I com m'ho pots curar, això? Tu portaves una farmàcia ambulant a la motxilla. No hi tens res per a les butllofes?

—Per prevenir-les sí, tinc els apòsits, però un cop les tens no hi ha res a fer. El millor que es podria fer és rebentar-la amb una agulla i deixar que supurés, però això implicaria que no hauries de forçar el peu perquè et quedaries amb carn viva. Ja sé que això que t'estic dient és un pèl desagradable, però no et puc pas enganyar.

—I què vols dir amb no forçar el peu?

—Que t'hauries de retirar, Irene.

—Això mai! —va dir d'una revolada.

—Doncs llavors l'únic que has de fer és seguir caminant i aguantar com puguis. Has portat un parell de mitjons de recanvi?

—No, només porto els que duc.

—Té, jo en porto quatre parells; anava previngut per si de cas. Posa-te'ls i això et servirà, com a mínim, per protegir-te una mica del fregament amb la vamba.

—Gràcies, Èric, ets un sol —i li va fer un petó ben sorollós a la galta que el va deixar ben sorprès.

Els excursionistes van prosseguir la ruta havent deixat ja enrere el dia anterior i es van disposar a caminar en plena nit. Van creuar una carretera i es van endinsar en un bosquet que els va servir per alleugerir els peus després de tanta estona d'asfalt. Cansats pel bon tros que havien caminat per un sòl de ciment castigador, quan trobaven la terra de la pista forestal o, en aquest cas, el sauló humitejat i acompanyat, de vegades, d'herba, era com una mena de mannà per a les seves extremitats inferiors. Tot i així, l'estada va ser curta, perquè un quart d'hora més tard van continuar per la carretera. Una carretera on els esperaven els cotxes escombra per tal de poder escortar-los per un tram que havien de passar pel marge d'una via per on hi havia circulació d'automòbils. Gràcies a l'assistència motoritzada, que havia creat una llarga corrua lluminosa amb els intermitents engegats i amb una velocitat de patrulla policíaca, com si fos una mena de comboi, van poder caminar pel voral sense cap mena de preocupació pels possibles perills. Van recórrer un tram d'uns cinc-cents metres que va causar la sorpresa dels pocs cotxes que passaven per allà i la molèstia d'haver d'aturar l'embranzida d'un divendres a la nit per seguir, a pas de tortuga i amb resignació, aquella processó multicolor.

Quan van haver enllestit aquell tram de carretera, es van tornar a acomiadar dels cotxes escombra, aquesta vegada fins a la propera aturada, que seria a la població d'Olesa de Montserrat; pràcticament tres hores i mitja més tard. Perquè en aquell moment es van dirigir cap a un trencall a mà esquerra i es van internar per una pista que els menaria directament vers un dels trams més emblemàtics i divertits de la Pujada a Montserrat: la Riera. Aquella pista va concloure en una mena d'esplanada que els conduiria cap a un caminet més estret, el qual esdevenia l'inici de la baixada cap a la Riera. Era un viarany on només hi cabia una persona, per això els caminants es veurien obligats a col·locar-se en fila índia. Llavors, l'Horaci aprofità aquest reagrupament per fer silenci i dirigir unes paraules molt importants per al gran grup:

—Ara ve un senderó que ens conduirà cap a la baixada. Haurem d'anar en fila índia perquè és força estret i hi ha un tram d'uns vint-i-cinc metres que és l'únic punt de tota l'excursió que té un cert perill, ja que a banda i banda passarem pel costat de dos cingles, que queden força coberts pels arbustos. Això vol dir que haurem de caminar tranquil·lament i sobretot sense fer cap broma ni bestiesa. M'heu entès?

Òbviament aquesta informació anava dirigida únicament per als alumnes, ja que molts d'ells, tot i el cansament que es començava a acumular, encara no caminaven, sinó que només saltaven, talment com cabretes joves. El mutisme hermètic de tot el grup fou l'assentiment a les explicacions de l'Horaci, que seguí parlant:

—Per creuar farem el següent. En Francesc i en Joan Ignasi s'avançaran i es col·locaran amb les seves lots un al principi i l'altre al final d'aquest tram; d'aquesta manera ells seran els indicadors del tros perillós. Llavors tots anirem passant i quan hàgim acabat ja podrem continuar tranquil·lament fins a començar la baixada cap a la riera.

Dit i fet, els excursionistes van desfilar d'un en un per davant d'en Francesc i en Joan Ignasi. Mentrestant, aquest últim va aprofitar l'avinentesa per comptar el nombre total de caminants: cent quaranta-tres. Llavors va avançar ràpidament a l'encalç de l'Horaci. Va arribar panteixant i li va dir esverat:

—Horaci, ens falten tres persones!

L'Horaci se'l va quedar mirant amb uns ulls sorneguers i li contestà:

—No em vinguis amb bromes, Joan Ignasi, que ja portem prou incidents aquesta nit.

—T'estic dient la veritat —replicà en Joan Ignasi mirant-lo fixament als ulls—. N'he comptat cent quaranta-tres.

—Potser t'has equivocat —va comentar l'Horaci.

—No m'he equivocat. He comptat perfectament i, si vols, per assegurar-nos podem tornar a comptar.

Llavors l'Horaci va demanar a en Francesc que se situés al davant de tots i anessin avançant a poc a poc. D'aquesta manera en Joan Ignasi i l'Horaci van tornar a comptar els integrants de l'excursió: cent quaranta-tres.

—Ja ho has pogut comprovar, Horaci, cent quaranta-tres, més una baixa a Collserola quan començàvem a pujar. Te´n recordes, d'aquella mare? I dues baixes pels claus als peus, això sumen cent quaranta-sis, i érem cent quaranta-nou. Ens en falten tres!

L'Horaci i en Francesc no donaven crèdit a aquesta situació, ja que era molt difícil perdre's del gran grup. Per això la primera pregunta resultava ben òbvia: qui faltava?

Així ho van anar comunicant a tots i cadascun dels excursionistes fins que al final van sorgir les respostes: un alumne de tercer d'ESO anomenat Roger Faulí, aquell noi prim i desnerit de qui havia dubtat tant l'Horaci a donar-li el permís per poder anar a l'excursió. Els altres dos eren un matrimoni anomenats Pedro i Estela; eren els pares d'un alumne de primer d'ESO anomenat Sergi Heredia, que s'havien assabentat de la sortida i els agradava molt l'excursionisme, per això havien volgut participar-hi. Però ningú no els havia vist anteriorment, i el poc coneixement d'aquell matrimoni es resumia en les quatre paraules que havien intercanviat amb un parell d'excursionistes durant aquelles hores.

—Què farem ara? —preguntaren gairebé a l'unísón en Francesc i en Joan Ignasi a l'Horaci.

—Primer de tot intentar no perdre la calma —respongué amb fermesa—. Es deuen haver perdut fa poc temps, perquè a l'últim tram amb els cotxes escombra encara hi eren... suposem-ho. Joan Ignasi, digues als companys d'en Roger si hi ha algú que tingui el número del seu mòbil i que li truquin o que ens el donin, i tu esbrina si algú té el telèfon d'aquella parella.

—Ja els aniré a buscar jo, Horaci —va dir en Francesc.

—Si no els localitzem el responsable sóc jo, i per això els hauré d'anar a buscar. Tu i en Joan Ignasi haureu de conduir tot el grup, però sobretot tu, que hi tens més experiència, posa't al davant. Ell que vagi tancant l'excursió.

Mentrestant, en Joan Ignasi va arribar panteixant amb notícies poc esperançadores.

—El mòbil d'en Roger està fora de cobertura i del matrimoni no es té constància de cap número de telèfon, no hi podem contactar de cap manera.

—Ara mateix començaré a desfer el camí. No crec que trigui gaire a tornar; el que més m'estranya és que en aquest tram és gairebé impossible perdre's. A més, segur que tu, Francesc, hauries vist com es quedaven enrere.

—No s'han quedat enrere —afirmà amb contundència en Francesc—. Segur que han agafat un altre camí, però quin?

Aquella era la pregunta sense una resposta lògica, la mateixa pregunta que es feien tots els excursionistes; la mateixa pregunta que es feien la Irene, la Raquel, l'Adrià i l'Èric.

—I què passarà ara? —va dir inquieta la Irene.

—No ho sé —contestà l'Adrià—, però mira: els profes estan reunits i parlant; deuen estar pensant alguna solució.

—En Roger és un noi una mica estrany, oi? —preguntà la Raquel.

—Més que estrany. És un noi a qui no li agrada relacionar-se gairebé amb ningú —va dir l'Adrià—. Al pati sempre el veus sol. Jo m'hi he acostat un parell de vegades aquest curs per parlar-hi, però m'ha fugit; sembla que tingui por de la gent. Ni juga, ni xerra amb ningú; ni amb els més grans, ni amb els més petits, ni amb els profes...

—Per això s'ha perdut —constatà l'Èric—, perquè sempre va sol. Si hagués estat acompanyat segur que no li hauria passat.

—Bé, hem de pensar que no està sol, sinó amb la parella de pares —matisà la Raquel.

—Doncs no sé què dir-te —va comentar l'Adrià—, perquè podria ser que s'haguessin perdut en moments i en llocs diferents. Jo no coneixia aquella parella, però per perdre's en aquests trams en els quals anem tots junts s'ha de ser ben poc hàbil.

—Sí, nois —va afirmar la Irene—. Mireu, sembla que els profes ens volen dir alguna cosa.

Seguidament l'Horaci —amb un posat que denotava una preocupació ben latent— dirigí unes paraules al gran grup:

—Hem estat analitzant la situació ben detingudament i en Joan Ignasi, en Francesc i jo hem decidit que farem el següent: l'excursió a peu a Montserrat continuarà amb tota normalitat, però qui la dirigirà serà en Francesc; en Joan Ignasi tancarà el grup i jo faré marxa enrere i aniré a la recerca dels tres caminants que s'han perdut. Per ara hem estat trucant al mòbil d'en Roger i deu estar fora de cobertura, perquè no contesta. Jo crec que en poca estona els podré localitzar; llavors ens afegiríem un altre cop a vosaltres. Us ha quedat clar?

Els murmuris dels excursionistes confirmaven una lleu preocupació amb la situació. Tot i així, van assentir a les explicacions donades per l'organitzador i van confiar a veure'l ben d'hora amb els tres col·legues de la Pujada.

ROGER

No sé per què els meus pares no em deixaven fer la Pujada a Montserrat. La veritat és que em tracten encara com si fos una criatura. No sé per què aquest afany de proteccionisme, si ja tinc catorze anys... Els demostraré que em sé sacrificar, que no sóc el fill mimat d'uns pares podrits de calés; demostraré que sóc com els altres.

Sempre que els he demanat de fer alguna cosa m'ho han negat sense gairebé ni deixar-me temps per explicar-los de què es tractava. Sembla que no els interessi la meva opinió per a res. Jo només vull ser un noi com qualsevol altre de la meva edat. Vull sortir amb els meus amics pel carrer i donar voltes i parlar de tot allò que ens preocupa, i fer confessions a cau d'orella a algú que m'escolti, i no haver d'acompanyar-los a tot arreu com quan tenia vuit anys. Tampoc no cal que m'omplin de regals caríssims que no serveixen per a res, ni que intentin comprar-me l'estimació a cop de talonari. Tampoc no vull vacances a paratges paradisíacs i luxosos. Només vull uns pares que em preguntin com m'ha anat l'escola, si hi ha alguna cosa que em preocupa o com em sento ara mateix.

Vull uns pares normals, que m'estimin com a qualsevol noi de la meva edat.

7. LA RIERA (dissabte, 2.00 h)

En aquell moment es va produir una situació desconcertant i gens desitjada. La totalitat de l'expedició començava la baixada vertiginosa cap al començament de la Riera, mentre que l'Horaci, l'autèntic patró i ànima de l'excursió, desfeia el camí en direcció contrària per poder trobar els tres integrants que s'havien perdut, talment com aquell pastor de la Paràbola del Nou Testament que era capaç de deixar tot el ramat sol per anar a buscar l'única ovella esgarriada.

De fet, es parlava de la Riera, però cal especificar que es tractava de dues rieres (la de Gaià i la de Sant Jaume), que s'unificaven en una de sola, i per poder accedir-hi s'havia de baixar un tram que salvava en poc terreny un desnivell molt considerable. D'aquesta manera convertia aquella part de l'excursió en una de les més difícils per als caminants, i les relliscades i caigudes eren força constants. Però el més perillós era l'efecte dominó, tal com havia succeït ara feia tres anys, quan hi va haver una caiguda d'una noia que arrossegà fins a catorze excursionistes més, que van rodolar uns quants metres, i algun d'ells s'hagué de retirar per les ferides ocasionades. A més a més, cal esmentar que en la baixada els genolls suportaven una pressió molt elevada que podia afavorir les temudes tendinitis. Llavors els excursionistes arribaven a l'inici de la Riera, i sempre amb la incertesa de saber amb quin nivell de cabal d'aigua la trobarien, ja que només la pluja de la nit anterior podia deixar el terreny impracticable i transformar-la en un autèntic riu. Però normalment en aquella època de l'any sempre havien trobat els mateixos paràmetres, que eren ben escassos. Això afavoria la creació d'un rajolí d'aigua que corria enmig de la llera i que anava alimentant una multitud de bassals que no arribaven a més de mig pam de profunditat. Per això la major part dels excursionistes recorrien aquell tram intercalant el pas ferm amb uns saltirons per poder esquivar aquells bassals. Caminar per la riera suposava una teràpia per als peus: la sorra, el fang i l'herba formaven un còctel; una mena de massatge de reflexologia podal. A banda i banda del rierol, una espessa selva de joncs impedia la pèrdua dels excursionistes, ja que els obligava a seguir pel mig.

L'Horaci va marcar un ritme força alt. Volia aconseguir arribar ben aviat a l'alçada dels excursionistes que s'havien perdut i confiava que l'instint i el sentit comú els hauria fet optar per quedar-se quiets en un punt determinat del camí, perquè si no la pèrdua seria cada cop més irreversible. El cap de l'expedició sempre havia pogut finalitzar l'excursió, i aquell any —el darrer de la seva vida que realitzava la Pujada— volia arribar de totes totes i no estava disposat a patir cap impediment que l'impossibilités del seu desig. Per això caminava amb el suport del seu fidel bastó, i amb el seu to de veu greu començà a cridar amb força:

—Roger! Pedro! Estela!

Però un mutisme hermètic i esfereïdor era l'única resposta que trobava l'Horaci enmig d'aquells boscos ignots.

Mentrestant, en Francesc capitanejava el gran grup, talment com si ja hagués començat a prendre el relleu del seu patró, i avançava en el descens cap a la Riera amb un pas ferm i precís. La Raquel i la Irene patien força amb la duresa del pendent, i hi havia alguns trams en què havien optat per baixar-los arrossegant el cul per terra, per por de no caure. La Irene cada cop tenia més molèsties al peu, però ferma i tossuda seguia caminant. L'Adrià i l'Èric avançaven més endavant; ben a prop d'ells, a tocar, en Sebas i en Pere Lluís lliscaven amb seguretat. Tot seguit en Pere Lluís va fer un comentari a en Sebas:

—No t'has fixat a qui tenim ben a prop?

En Sebas va enfocar amb la seva lot i va fixar la vista. Seguidament esbossà un somriure sardònic.

—Aquest és un bon lloc —afirmà en Sebas—, i amb el rebombori que hi hagut amb això dels que s'han perdut, també és un bon moment, oi?

—Tens tota la raó —va assentir amb satisfacció.

Ràpidament van avançar dos exalumnes que caminaven al seu davant i es van situar just al darrere de l'Adrià i l'Èric. Llavors en Pere Lluís va obrir sigilosament la seva motxilla, va extreure una ampolleta i la donà a en Sebas.

—Té, suposo que ho vols fer tu, oi? —va dir en Pere Lluís tot contenint una rialla.

—És clar, passa-me-la!

En Pere Lluís va cridar l'Adrià i l'Èric:

—Nois, em sembla que la Irene i la Raquel us reclamen amb insistència.

L'Adrià i l'Èric es van aturar i van girar el cap. En aquell mateix moment, en Sebas s'havia precipitat al davant seu sense que aquests el poguessin veure, va agafar l'ampolla i va buidar tot el contingut a les roques que constituïen el terreny de baixada cap a la Riera. Després va aconseguir esmunyir-se per una altra banda i va recuperar la posició. Mentrestant, l'Èric i l'Adrià van continuar el camí després que en Sebas els hagués dit que s'havia confós, que eren unes altres noies que cridaven a uns altres alumnes. Llavors van reprendre la baixada en el mateix ordre que havien mantingut, quan, de cop i volta, l'Èric va trepitjar una pedra ben molla de la substància que havia vessat en Sebas; era cera líquida.

La relliscada va precedir a la gran caiguda que patí.

L'Èric va picar d'esquena.

L'Èric es va quedar estirat al terra sense moure´s.

—Èric, Èric, contesta! Fes el favor, contesta! —va cridar amb desesperació l'Adrià.

Un silenci sepulcral va eriçar els pèls de tots els presents. L'Èric romania immòbil amb els ulls tancats.

—Èric, Èric, desperta, digues alguna cosa! —insistia proferint més crits.

L'angoixa regnava entre els seus amics. L'Adrià es posava les mans al cap i bramava sense cap mena d'aturador. La Irene i la Raquel van restar mudes de la impressió. Més enllà, en Pere Lluís i en Sebas se'l miraven amb una cara d'espantats que traspuava la pesantor de la culpa dins seu; no s'esperaven que la broma pogués arribar fins a aquells extrems. Havien passat trenta segons interminables...

Però, de cop i volta, l'Èric es va començar a moure molt lentament; primer el peu esquerre, després el coll i tot seguit la resta d'extremitats. Finalment es va passar la mà pel clatell i es va fer una mena de fregues amb una ganyota de dolor. Amb una veu tènue preguntà:

—Què m'ha passat?

La tensió acumulada es va començar a dissipar amb un riure contagiós, que va encetar l'Adrià i es va mimetitzar cap a tots els que estaven al seu voltant, excepte en Sebas i en Pere Lluís, que van esbufegar alleujats.

—Però de què rieu? —preguntà sorprès l'Èric.

—Riem per no plorar; suposo per la por que hem patit —va dir la Raquel—. Pensàvem que t'havia passat alguna cosa molt greu. Has relliscat, has caigut i deus haver picat amb el cap contra una roca; no et movies ni contestaves, i estaves amb els ulls tancats. Ens has espantat moltíssim.

—Només recordo que he relliscat, i em fa força mal el cap.

—Potser caldria que et veiés un metge —digué en Francesc, que s'hi havia acostat ràpidament.

—Ni parlar-ne —va contestar amb fermesa l'Èric—. Haig d'arribar a Montserrat sigui com sigui!

—D'acord —va dir en Francesc—. Ets molt valent, però si veus que et fa mal el cap o no et trobes bé no dubtis a avisar-me. És més important la teva salut que arribar a la meta.

—Molt bé —va assentir l'Adrià—. Jo no em mouré del seu costat, i si veig alguna cosa rara t'avisaré.

—Perfecte, tens un gran company, Èric; un autèntic amic.

—Això no ho he dubtat mai, Francesc.

—Però què t'ha passat? —preguntà la Irene interessant-se—. Com és que has caigut? Anàveu molt de pressa?

—Justament al contrari —contestà l'Èric—. M'estranya molt perquè en aquest tram no pots córrer i anava amb molta prudència. A més a més aquestes vambes que porto són de trèquing i s'agafen molt bé al terra.

En Sebas i en Pere Lluís paraven l'orella dissimuladament a la conversa dels quatre amics, i ara —més relaxats pel final tràgic que s'havien estalviat— reien per sota el nas de la broma de tan mal gust que havien gastat.

L'expedició comandada per en Francesc seguia caminant —més aviat saltironejant— pels inicis de la

Riera. Tot i el bon camí, la humitat que es va introduir fins al moll de l'os dels peus i, sobretot, el còctel de cansament i son feien cada cop més dura la travessa. Hi havia moments en què la corrua de caminants avançava en silenci, un silenci que era la conseqüència de la falta d'esma, i que només es veia alterat pels constants sons dels xipollejos amb l'aigua d'una riera que, sortosament, no era gaire plena.

L'Horaci augmentava per moments el ritme que s'havia marcat, fins que, de cop i volta, va veure al terra alguna cosa que brillava. Es va aturar, hi va acostar la seva lot i va remenar amb el bastó una mena d'objecte platejat. El va agafar i el va examinar: un MP3 que restava al mig del camí. Va pensar que podia ser d'en Roger. El va guardar a la butxaca de la seva motxilla i va tenir el pressentiment que no devien ser gaire lluny, però va creure que era ben estrany que l'hagués perdut, perquè justament en Roger era d'aquells alumnes que anava tot el dia amunt i avall amb els auriculars i connectat al seu MP3. Com podia haver haver oblidat enmig del bosc un objecte tan valuós per a ell?

L'Adrià va deixar en bones mans l'Èric, després d'haver-li preguntat més de deu vegades si li feia mal el cap i d'haver escoltat deu respostes negatives. L'Èric caminava ara entre la Irene i la Raquel, per això l'Adrià va aprofitar per situar-se a la rereguarda, juntament amb en Joan Ignasi, el professor de Tecnologia:

—Com és que sempre vas l'últim? —li preguntà intrigat l'Adrià.

—Ja ho deia la Bíblia, no? «Els últims seran els primers.» Per això, quan comenci la pujada a les muntanyes de Montserrat, us avançaré a tots, arribaré el primer i us deixaré en ridícul davant de les noies. Què et sembla?

En Joan Ignasi era un professor jove, no arribava a la trentena, i tot i ser força respectat pels alumnes tenia la capacitat de ser molt proper, per això els alumnes s'hi sentien molt a gust, amb ell, i no el defugien, cosa que feien amb els professors que no els inspiraven confiança (que eren la majoria). Al contrari, volien estar amb ell i parlar de qualsevol assumpte, fins i tot d'allò que mai no es gosa dir als pares...

La resposta que va donar a l'Adrià va fer riure l'alumne i aquest li va contestar:

—Amb aquesta panxa de cervesa que gastes i ens vols deixar enrere?

—No et fiquis amb la meva panxa, que prou diners em costa de mantenir-la així de formosa —contestà acaronant-se-la amb dolçor.

—Va, digue'm de debò per què sempre vas l'últim?

—Bé, sobretot es pot dir que va començar sent un costum. La primera vegada que vaig fer la Pujada a Montserrat, ara fa set anys, l'Horaci em va demanar d'anar a la rereguarda. I des de llavors que m'hi estic. M'agrada sentir-me el darrer excursionista i, sobretot, m'entusiasma escoltar el silenci que hi ha al darrere. Després de mi ja no hi va ningú i aquesta sensació de ser el darrer, la frontera entre els humans i la natura, m'apassiona.

L'Adrià assentia a les explicacions entusiastes del seu professor amb interès, però tenia el cap en una altra banda, per això va preguntar directament a en Joan Ignasi, evitant subterfugis:

—Joan Ignasi, a tu no et sembla una mica estrany això de la pèrdua d'en Roger i d'aquell matrimoni, en Pedro i l'Estela, les punxades al peu amb claus de fuster rovellats, i ara la caiguda de l'Èric?

—Bé; la caiguda de l'Èric no és un fet gens estrany, i més a la baixada cap a la Riera. Allò dels claus ja és poc habitual, però la pèrdua d'un noi i dos adults en un camí de bosc sense cap bifurcació... això sí que és ben rar. Sembla que els hagin xuclat.

—Qui? —preguntà l'Adrià esverat.

—És una manera de parlar, home. No et deus pensar que han vingut uns alienígenes i se'ls han endut cap als seus platets voladors per fer-los disseccions? No em facis riure, Adrià!

—Sí, tu riu-te'n, però de més grosses n'han passat, que jo ho he vist en un programa de la tele...

—Fora conyes —va dir en Joan Ignasi adoptant un to seriós—. El que és ben cert és que no ho veig gens clar.

—Jo estic amb tu, i a més, no sé si heu fet bé de deixar anar tot sol l'Horaci a buscar-los.

—M'estàs burxant la consciència, Adrià, perquè jo també penso el mateix, però ja saps la tossuderia que ens gasta el vell professor. Volia anar sol i així ha estat.

—Per què no anem a buscar-lo? Entre tots tres de segur que aniríem més ràpids; a més, l'Horaci no estaria sol...

L'Adrià va mirar fixament els ulls miops d'en Joan Ignasi, que s'amagaven rere uns vidres gruixuts encalçats en una muntura metàl·lica. Hi va trobar un esguard, una mirada d'assentiment. En Joan Ignasi va fer un gran crit i va demanar que avisessin en Francesc perquè s'aturés. Aquella informació es va anar estenent de grupet en grupet, com si es tractés d'una cadena. Finalment va arribar a orelles del cap de la Pujada. Llavors es va aturar i es va dirigir cap a la recerca del seu company, que vigilava la rereguarda. Es van trobar al mig de l'expedició i en Joan Ignasi va comentar al seu col·lega les seves intencions. En Francesc no hi va posar cap impediment; això sí, va voler trucar a l'Horaci. No per donar el vistiplau de la decisió, sinó únicament per informar-lo. La trucada fou debades. No hi havia cobertura; tanta telefonia mòbil en ple segle XXI i en aquells paratges la tecnologia no servia per a res: la comunicació era impossible.

L'Horaci seguia amb pas ferm la recerca, i de cop i volta li va semblar veure un parell de siluetes força endavant. Era lluny i no podia definir bé el que li havia semblat albirar, de manera que va començar a cridar amb totes les seves forces:

—Roger! Estela! Pedro!

Les siluetes seguien caminant a un pas ben ferm i no responien a la crida. L'Horaci va pensar que allò era ben estrany. Llavors va arrencar a córrer al seu darrere i així anava reduint, lentament, la distància. Seguia cridant-los, però el silenci era la seva única resposta.

L'Adrià i en Joan Ignasi —un cop es van acomiadar dels seus amics— van desfer el camí de la Riera corrent a força velocitat, i en poca estona van arribar a la baixada abrupta, que ara es convertiria en una pujada molt pronunciada. En Joan Ignasi, tot i pesar gairebé noranta quilos, era un muntanyenc experimentat i avesat a llargues travesses, per això seguia ben bé el ritme que un jove esportista de quinze anys li marcava.

En Francesc continuava encapçalant la marxa, i ben a prop seu l'Èric, la Raquel i la Irene seguien amb penes i treballs la cadència elevada que marcava el professor. La Irene patia un dolor terrible a cada passa que realitzava; no s'havia atrevit a treure´s la vamba ni els mitjons per examinar-se el peu. Únicament caminava, a l'igual que la resta de companys; avançar una cama rere l'altra sense donar temps a preguntar-se com es trobaven físicament i qui els demanava haver-se engrescat a realitzar una bogeria com aquella. Minuts després es van aturar; havien arribat al final de la Riera i van poder descansar cinc minuts, que van agrair; cinc minuts que havien de servir per poder afrontar una dura pujada que els conduiria cap a la urbanització Oasi. D'allà estant, i creuant una altra urbanització anomenada Ribes Blaves, encetarien una baixada molt pronunciada per un camí rocallós.

L'Horaci, mentre corria, es va fixar en un detall que corroborava la impressió visual que havia percebut. Les petjades que deixaven al terra no eren de tres persones, sinó que les marques del calçat indicaven que eren dues, i una d'aquestes, o era molt pesada o duia a collibè algun objecte pesant o, tal vegada, una altra persona, ja que la fondària de la petja així ho indicava. «Potser algú s'ha fet mal i el porten en braços», pensà l'Horaci mentre seguia cridant-los i veient com les dues siluetes no s'aturaven.

L'Adrià i en Joan Ignasi no parlaven; administraven totes les seves forces en una mena de cursa contra rellotge que poc temps després hauria de donar els seus fruits.

La pujada cap a la urbanització Oasi esdevenia lenta per al, gairebé, centenar i mig de participants de la XXVI Pujada a Montserrat. La Irene es recolzava en l'Èric, mentre que la Raquel trobava a faltar més que mai els comentaris engrescadors de l'Adrià. Els tres s'havien sumat a uns quinze alumnes que tancaven el grup. Tots feien la mateixa cara de patiment i suaven, tot i la fresca temperatura d'aquella nit tardoral de mitjan octubre.

Finalment l'Horaci es trobà cara a cara amb l'Estela. Semblava que l'estigués esperant i aguantava amb força dificultats el cos inconscient d'en Roger. El professor s'hi va atansar ràpidament i no va saber què preguntar ni què fer, ja que tenia força interrogants que volia aclarir. Mig titubejant i acostant-se a tots dos per ajudar a sostenir l'alumne, digué:

—Què li passa a en Roger?

L'Estela el va mirar fixament als ulls sense saber què dir. No va caldre cap resposta, perquè el cop al cap que en Pedro va etzibar a l'Horaci amb un roc des del darrere el va estabornir i el va deixar estirat al terra, tot compartint inconsciència amb en Roger i restant sense cap resposta ni possibles preguntes. Mentrestant, en Pedro es va carregar en Roger a les espatlles i va seguir caminant amb l'Estela en direcció contrària. «Però cap a on van?», es devia preguntar, si és que podia pensar la ment dins del cos inert de l'Horaci.

«Aixeca't, Horaci.»

«Aixeca't, Horaci», tornà a repetir la mateixa veu interior.

De cop i volta l'Horaci es va despertar amarat de suor entre en Joan Ignasi i l'Adrià, que van esbossar un gran somriure quan van veure que el vell professor havia recobrat el coneixement:

—Per fi, Horaci! T'hem dit que t'aixequessis un munt de vegades i ja estàvem patint —féu en Joan Ignasi sota l'atenta mirada d'un perplex Adrià—. Què t'ha passat?

—He vist en Roger i l'Estela —digué fregant-se el cap adolorit—. Eren aquí, al mig del camí davant meu, però ella aguantava en braços en Roger, ja que estava inconscient. He preguntat què li passava i he notat un gran cop al cap. Després ja no recordo res més.

En Joan Ignasi i l'Adrià es van mirar amb estupefacció en acabat d'haver escoltat atentament les explicacions de l'Horaci. Llavors l'Adrià —que havia restat callat fins aleshores—, s'atreví a aventurar una hipòtesi:

—Dius que has vist l'Estela i en Roger? Doncs està ben clar, no? En Pedro estava amagat al darrere i va ser ell qui et va pegar mentre l'Estela et distreia.

Els dos professors escoltaven el noi amb atenció i no van trobar gens agosarada la seva suposició dels fets.

—Això que dius és molt probable —va dir en Joan Ignasi—. Jo també ho havia pensat, però la pregunta del milió és: Per què li han fet això, a l'Horaci?

—Teniu raó, nois —assentí l'Horaci, a qui encara li feia mal el cap—. En Roger estava inconscient i aquella dona no em va voler contestar per què es trobava en aquell estat. Crec que també aquesta seria una altra pregunta a fer-nos: Què li passava a en Roger? A més a més, ja feia estona que els cridava i m'havien de sentir a la força... I no es van aturar, al contrari, fugien; de lluny semblaven dues siluetes, i una de molt més gran que l'altra. A més, em vaig fixar que hi havia petjades de dues persones, però unes eren molt més fondes que les altres.

—Ara ja començo a lligar caps —va dir satisfet en Joan Ignasi—. Tu anaves seguint l'Estela i en Pedro, que anava carregant a collibè en Roger, i quan van veure que els seguies van augmentar el ritme, però van comprovar que era inútil competir amb tu, perquè el pes d'en Roger els impedia de córrer. Llavors et van posar un parany i en Pedro et va colpejar el cap amb la intenció que no els poguessis seguir. Ells estan fugint amb en Roger inconscient. Això no m'agrada gens.

—Aquell matrimoni —assentí amb seriositat l'Horaci— no s'ha perdut pel bosc. Estan tramant alguna cosa, i en això no sé què hi té a veure en Roger. Per què ell? I amb quin motiu?

—Doncs em sembla que ja saps què ens toca fer —digué en Joan Ignasi—. Els hem d'atrapar sigui com sigui. Però tu, Adrià, hauries de tornar amb el grup. Això serà més perillós del que ens pensàvem.

—Ni parlar-ne! —va dir convençudíssim l'Adrià—. Vindré amb vosaltres; si no què fareu? Em deixareu sol enmig del bosc? I si m'atrapa un porc senglar?

L'Adrià va arrencar un somriure de l'Horaci i d'en Joan Ignasi, que bona falta els feia, i, sobretot, va aconseguir el permís per poder acompanyar-los. Abans, però, de reprendre la persecució, en Joan Ignasi va consultar una decisió molt important a l'Horaci:

—Potser caldria avisar la família d'en Roger i els Mossos d'Esquadra, oi? Això és més greu del que ens pensàvem.

—Ja hi he pensat, i no volia fer-ho per no preocupar els seus pares, però ara veig que a aquestes alçades és del tot necessari.

Llavors va extreure de la seva motxilla un portafolis on tenia una llista amb tots els telèfons dels pares dels alumnes de tercer i quart d'ESO. Va agafar el mòbil i marcà les nou xifres, però l'intent fou debades, ja que no hi havia línia: estaven situats en una zona sense cobertura. En Joan Ignasi li va deixar el seu telèfon mòbil, ja que pertanyia a una altra companyia, però el resultat de la trucada fou igual d'estèril que l'anterior.

No podien contactar amb la família d'en Roger.

Ni amb la policia.

Només els quedava una opció: córrer, córrer i córrer per poder atrapar en Pedro i l'Estela.

El gran grup afrontava la baixada final que els menaria cap al poble d'Olesa de Montserrat. Eren les quatre de la matinada i només se sentia el soroll que produïen les vambes i bótes quan lliscaven entre els milions de pedres que incomodaven la marxa dels excursionistes, tot clavant-se a les plantes dels peus. Allò no era un camí, sinó un pedregar que provocava un continu desgastament a les ja prou desgastades articulacions. En Francesc, sense perdre de vista la tartera, agafà el telèfon mòbil i trucà a l'Horaci... Al tercer intent hi hagué sort.

—Digue'm, Francesc.

—Horaci! —va dir alçant la veu—. Gairebé no et sento. Com va? T'has trobat amb en Joan Ignasi i l'Adrià?

—Sí, sí. Encara estem buscant en Roger, perquè jo l'havia trobat, però resulta que en Pedro i l'Estela ens han enganyat. És una mica llarg d'explicar-ho tot, i ara no tenim temps. Vosaltres com aneu?

—Bé, bé, anem marxant sense cap problema. Estem a punt d'arribar a Olesa, però et trucava perquè he estat fent indagacions per aquí i hi ha un alumne de tercer que m'ha dit que aquella parella, en Pedro i l'Estela, no són els pares de l'alumne Sergi Heredia de primer d'ESO, ja que ell els coneix i no els són.

—Llavors són uns impostors. Qui deuen ser?

—No en tinc ni idea, i aquí ningú no els havia vist abans. De segur que no tenen cap relació amb l'escola.

En Joan Ignasi i l'Adrià seguien amb atenció la conversa telefònica, i només sentint les paraules de l'Horaci ja intuïen què es deien i començaven a lligar caps. Tots tres s'havien aturat per no perdre la poca cobertura de què disposaven. Després d'acomiadar-se, l'Horaci va marcar el número dels Mossos d'Esquadra i va explicar la situació a un agent, que el va atendre demanant-li tota mena de detalls. Es negà a obeir-lo quan aquest li va manar que deixés de perseguir el perillós matrimoni, però òbviament la recerca s'estava convertint en un afer molt personal per al vell professor. Quan va finalitzar, va fer una inspiració amb profunditat agafant tot l'aire que podien retenir els seus pulmons i el va deixar anar a poc a poc amb els ulls tancats. Llavors trucà als pares d'en Roger:

—Sí? —contestà una veu tremolosa de dona.

—Hola, bona nit —va dir escurant-se la gargamella—. Sóc l'Horaci Pous, el professor d'en Roger i el responsable de la Pujada a Montserrat. Trucava per dirlos —les gotes de suor li baixaven pel front a gran velocitat— que el seu fill s'ha perdut. Bé... no tot sol, amb un matrimoni... i esperem trobar-lo ben aviat...

Hi va haver uns segons d'un tens silenci. Llavors la veu femenina respongué amb estremiment:

—Esperava la seva telefonada, Horaci, perquè m'acaben de trucar fa pocs minuts i el que ens han dit al meu marit i a mi no és exactament el mateix que m'acaba d'explicar vostè.

A l'Horaci se li va glaçar la sang. Què li havien dit, a la mare d'en Roger? I, sobretot, qui havia estat? Aquella nit anava acumulant massa interrogants desagradables. Tot seguit va cavil·lar en solitari i ja es va poder imaginar què li explicaria aquella pobra dona...

8. OLESA DE MONTSERRAT (dissabte, 4.30 h)

—Jo plego —afirmà sanglotant la Irene—. Ja no puc més!

A la plaça de l'Oli de la ciutat d'Olesa els ànims de tots els excursionistes no irradiaven gaire optimisme. Ja sabien què li havia passat a en Roger, però l'Horaci va decidir que la Pujada a Montserrat havia de continuar de totes totes. La fredor en l'ambient —fruit de la suma de la temperatura d'una matinada del mes d'octubre amb les notícies rebudes— s'estenia entre tots els participants i els membres d'assistència dels cotxes escombra.

—Si tu plegues, també ho faré jo —va dir taxativament la Raquel—. Ara no se t'acudeixi de deixar-me sola, eh!

—Em fa molt mal el peu; no goso ni treure'm els mitjons i mirar-me la butllofa.

—Però, Irene, portem gairebé dotze hores caminant i més o menys tres quartes parts del recorregut. Ara no et pots fer enrere. Jo també tinc les cames destrossades, però vull arribar al final i ara no és el moment de dubtar, ni de desfer tot un camí que hem anat superant.

Els ulls plorosos de la Irene delataven el sofriment, un sofriment que, ara més que mai, sabia que l'acompanyaria en tot moment, però tot i així havia de continuar. Tot seguit es va aixecar ranquejant del banc on estaven asseguts i es dirigí cap a la improvisada intendència que havien muntat els cotxes escombra amb la intenció de recuperar calories amb un parell de donuts. Mentrestant, la Raquel preguntà a l'Èric:

—Has pogut parlar amb l'Adrià?

—Sí, tot just ara fa un moment.

—Llàstima! M'hauria agradat parlar amb ell. Fa tanta estona que no sento la seva veu que, tot d'una, ja la trobo ben bé a faltar.

—Únicament la seva veu? —reblà l'Èric.

—Per què m'ho dius, això?

—No sé... A tu t'agrada l'Adrià, oi? —li digué escrutant-la al fons dels seus ulls.

La Raquel va envermellir i li va semblar que mil fogueres l'envoltaven. Tan segura que es mostrava sempre... en aquesta ocasió va trigar uns segons a poder reaccionar.

—Però ell no em fa ni cas —assentí afligida.

—Perquè, en el fons, darrere d'aquesta cuirassa de simpatia i desimboltura que s'ha construït, és tímid i es mor de vergonya de dir-te que està penjat de tu. Quina estupidesa! Tots dos us agradeu i no moveu ni un dit per dir-vos-ho!

La Raquel va veure en les paraules de l'Èric una porta oberta. Ara ja tenia la certesa que l'Adrià li anava al darrere, i aquesta seguretat la va reconfortar. Només caldria facilitar-li les coses perquè ell percebés que podria tenir l'èxit garantit si intentava l'acostament definitiu, i d'això, ja se n'encarregaria ella...

—Ets un bon amic, Èric —li digué agraïda—. I tu amb la Irene, què?

—És molt bona noia, però no m'agrada —va dir amb sinceritat.

Llavors la Raquel va obviar d'explicar-li que els sentiments de la Irene envers ell eren molt diferents. No va voler continuar parlant d'aquest tema i va pensar que hauria de tenir una xerrada amb la seva amiga per intentar esvair-li les esperances que conservava. Hauria de buscar un bon moment i uns bons mots per començar aquesta conversa que mai no hauria volgut realitzar, ja que no hi ha res de pitjor a la vida que desfer amb la crua realitat els somnis i les il·lusions d'una persona.

La Irene va arribar coixejant just en el mateix moment en què en Francesc va fer sonar el xiulet que avisava de la fi del descans per continuar la Pujada. Fins a catorze integrants ja no van seguir caminant, van abandonar i van pujar capcots als cotxes escombra. Olesa de Montserrat significava el primer punt on alguns participants acostumaven a optar per retirar-se; en el moment en què el cos no podia aguantar el dolor i no podia seguir els desitjos del cor i de la ment.

La Irene, però, continuà.

Quan la mare d'en Roger va explicar a l'Horaci el sotrac que havien patit el seu marit i ella minuts abans, no va poder contenir les llàgrimes que li vessaven pòmuls avall. Quan es rep una trucada a la matinada no és un senyal d'una bona notícia, sinó al contrari.

I així fou efectivament.

Una veu masculina que mai no havia escoltat li va dir la pitjor notícia que havia sentit a la seva vida: que havien segrestat el seu fill i que volien cent mil euros a les sis del matí, en una bossa d'esports que haurien de dipositar dins d'un contenidor d'escombraries buit que trobarien al principi de la urbanització Can Solà de les Fonts de Terrassa. Òbviament, no havien de dir res als Mossos d'Esquadra si no volien que la vida del seu fill perillés.

Un pla ben preparat i ben resolt. Els segrestadors havien operat en l'única nit en què el fill del matrimoni Faulí Torrebruna no es trobava sota el control familiar. Havien actuat amb rapidesa i s'havien informat, prèviament, que el pare d'en Roger —l'amo d'una empresa de components electrònics per a cotxes que donava feina a quaranta treballadors— hauria de tenir diners a casa seva, perquè el dilluns era el dia en què havia de visitar uns proveïdors i saldar unes compres de materials. A més a més, també sabien que aquest pagament s'efectuaria en metàl·lic, perquè els venedors i el comprador ho preferien d'aquesta manera per així no haver de declarar l'IVA.

Tots aquests moviments demostraven que els segrestadors eren autèntics professionals... Però no comptaven amb la tossuderia, la responsabilitat i el valor de l'Horaci, en Joan Ignasi i l'Adrià.

Evidentment, l'Horaci no va informar la mare de la conversa que havia tingut ell, anteriorment, amb els Mossos d'Esquadra, ja que l'estat de nervis de la dona —com es podia suposar— vorejava la desesperació. Així doncs, l'únic que va poder fer el vell professor va ser aguantar estoicament el reguitzell de retrets i esbroncades que rebé de la mare per «haver permès que segrestessin el seu fill». Aquests retrets van constituir un devessall de paraules que van servir per desfogar la mare i aconseguir una promesa categòrica per part de l'Horaci:

—Senyora... trobaré el seu fill allà on sigui.

L'aturada d'Olesa havia fet estralls, ja que havia aconseguit de refredar la musculatura dels participants, i això els va dificultar molt la represa pels carrers. Després d'acomiadar-se de l'assistència dels cotxes escombra —fins a Collbató—, van reprendre la marxa en direcció a la sortida del poble; havien d'arribar al costat del riu Llobregat. Allà agafarien una drecera que els havia de conduir cap a Esparreguera. Aquesta drecera escurçava el trajecte, però no per això resultava menys dificultosa. Fins aquell moment havien recorregut viaranys de bosc ben estrets, pistes forestals sense asfaltar i asfaltades, carreteres, la tartera de baixada cap a Olesa i sempre amb constants pujades i baixades. Però encara no havien realitzat allò que es disposaven a fer en aquell moment per accedir a Esparreguera: la sentor d'humitat d'un fangar ple de joncs els va donar la benvinguda a l'accés de cent quaranta-quatre escales de pedra que haurien de pujar per poder salvar un fort desnivell que els duria als afores de la ciutat veïna. Tal vegada era l'únic que faltava: pujar escales, un autèntic martiri per als fatigats quàdriceps dels excursionistes... Quan hagueren deixat enrere l'últim graó, van arribar a un descampat on els va rebre una música enllaunada a tota potència i desenes de motos i cotxes aparcats. Era una *rave,* i van poder admirar el moviment contorsionador de tots aquells nois i noies que ballaven a aquelles hores i el tràfec, amunt i avall, d'alcohol i de substàncies al·lucinògenes tan comunes en aquella mena de festes privades. Els assistents van girar el cap davant la presència d'aquella colla d'excursionistes bruts, suats i cansats, i van començar a fer befa i a provocar-los amb crits i insults. Unes provocacions que la llarga corrua va ignorar, tot i els esforços que alguns van haver de fer per no respondre a aquells joves que decidien divertir-se d'una manera ben diferent.

La Raquel va agafar el telèfon mòbil i finalment es decidí a escriure un missatge...

L'Horaci, en Joan Ignasi i l'Adrià van optar per seguir el camí, ja que era l'única opció coherent que van creure, perquè endinsar-se enmig del bosc demanava un domini que van pensar que els segrestadors no posseïen. No sabien la distància que els havien pres, per això marxaven a un pas ràpid, tot intercalant-lo amb estones de carrera suau. En aquell moment el mòbil de l'Adrià va fer el senyal acústic que li indicava que havia rebut un missatge de text. Sense aturar-se, el va llegir: «*Ola Adria , tot b? Vs m komte. Tin gans d veuret, et ncsito, un pto.*»

L'Adrià va restar uns segons mig atordit; la Raquel mai no li havia enviat un missatge al mòbil. I ara s'interessava i es preocupava per ell. «Què significa això?», es preguntà. Només algú molt talòs potser no ho comprendria...Amb la seva habilitat, va seguir la marxa que en aquells moments marcava en Joan Ignasi mentre escrivia la resposta del missatge a la vegada.

Mentrestant, en Sebas es va acostar a la Raquel i li va preguntar:

—Com vas?

—Per ara aguantant. No puc dir que estigui fresca com una rosa, però vaig tirant.

—Vols una mica de Red Bull? Va molt bé per recuperar energies i també evita adormir-se.

—No, gràcies. Escolta, estàs molt amable amb mi, no?

—És que jo sóc així; no sé per què t'estranya el meu comportament si sempre he actuat igual. Potser és que no em coneixes a fons i et fies massa de les opinions poc parcials dels altres.

—Potser tens raó —li digué traient ferro a l'assumpte—. A partir d'ara et miraré amb uns altres ulls.

—Això és el que esperava que em diguessis, Raquel, perquè jo també et miro de manera diferent a les altres.

De cop i volta li va canviar la cara, a la Raquel. Va comprendre que la conversa amb en Sebas anava per un camí d'on no es podia tornar enrere i no va poder evitar la successió encadenada dels fets:

—Ja... però és que jo, no...

—Raquel —li digué abraonant-se cap a ella—, vols sortir amb mi?

—Deixa'm, Sebas, no em toquis. La pura veritat és que ... no vull que et sàpiga greu, però no.

—No? Torna a repetir-me això mirant-me als ulls. No crec el que em dius; si estem fets l'un per l'altre.

—T'ho dic ben seriosament; no vull sortir amb tu... perquè hi ha algú altre. M'entens?

—Ah! I puc saber qui és l'afortunat?

—És l'Adrià.

En aquell moment en Sebas va canviar el semblant i els seus ulls van enrogir de ràbia. No va dir res i es va apartar bruscament de la Raquel. Ella es va espantar amb la mirada d'aquells ulls plens d'odi, amb aquella expressió violenta que va mostrar com era, talment com si hagués destapat la màscara que el cobria i per fi deixava veure la seva veritable naturalesa. No hi va haver cap paraula més entre tots dos, ni un acostament. En Sebas havia quedat ferit on més mal li podia fer: en el seu orgull per no poder aconseguir tot el que volia... i per culpa de l'Adrià.

L'Adrià va observar les paraules que havia escrit i li van semblar prou encertades per enviar-les. No va dubtar més i va pitjar el botó d'*OK* del seu mòbil.

La Raquel va sentir el senyal acústic del telèfon, mentre encara s'estava recuperant de la tensió viscuda anteriorment amb en Sebas, i ràpidament el va desbloquejar per poder llegir l'SMS: «*Nem rerels segrestados, jo tbe tin moltes gnes d veuret i senti la teva veu. No trigare. Un pto m fort.*» Un raig de felicitat la va embolcallar en llegir unes paraules que interpretava com la porta oberta a alguna cosa més que una simple amistat, i ara es moria de ganes d'estar amb ell, de sentir-lo a prop seu, de tenir-lo al seu costat. Semblava que el cansament acumulat hagués convingut una treva, i la recent topada amb en Sebas es va esvair de sobte, però alhora això no li impedia de deixar de patir per la situació d'incertesa que estava vivint l'Adrià.

En Francesc prosseguia la marxa amb el cap i el cor en un altre lloc; apreciava molt l'Horaci des que es van conèixer, ara feia dotze anys, quan ell va entrar a l'escola com a professor d'Educació Física. No li ho havia dit, però, hores abans, havia sentit una gran tristesa quan els havia assegurat en aquella cafeteria de Sant Cugat que aquella Pujada a Montserrat seria la darrera. Va trucar-li un parell de vegades al mòbil i no hi va poder contactar. Per això va prosseguir la marxa amb la preocupació latent, una marxa que ara mateix els feia deixar enrere Esparreguera i internar-se als afores d'aquesta ciutat, a la urbanització Les tres caravel·les.

L'Adrià va sentir unes veus i ràpidament va posar en alerta els seus dos companys. Van girar el cap i van comprovar que les veus provenien del seu darrere, per això van deduir que no eren els dos segrestadors:

—Quiets! No es moguin d'on són! —va cridar fortament un home.

La nit de lluna plena era una fidel aliada per poder il·luminar tènuement uns paratges que no necessitaven per a res la llum artificial de les lots. A més a més, els van cridar que s'aturessin amb un to imperatiu. No hi havia cap dubte: policia. Eren dos mossos d'esquadra. Tot i així, l'Horaci, l'Adrià i en Joan Ignasi es van estremir tot d'una. Van reaccionar aixecant els braços instintivament, mentre una lot els enfocava la cara fentlos augmentar la sensació de neguit i d'impotència, perquè els policies no sabien amb qui s'havien trobat. Però tot seguit l'ambient tens va ser alleugerit per les paraules que digué un dels agents després d'haver fet el reconeixement visual:

—Nó són ells, sergent. Aquests deuen ser els responsables de l'excursió.

—Vostè deu ser l'Horaci —suposà el policia a qui l'altre anomenava sergent—. El professor responsable de la Pujada a Montserrat, oi? I vostès en Joan Ignasi, un altre professor, i l'Adrià, alumne de quart d'ESO. Ens hem imaginat que no ens farien cas i intentarien buscar el noi i la parella de segrestadors.

—Certament, agent —va dir ara l'Horaci, més tranquil. Com pot comprendre, no ens podíem quedar plegats de braços. Vostè què hauria fet en la nostra situació?

—Crec que té raó. Deixi'm presentar; sóc el sergent Montalt, i aquest és el meu company, l'agent Mas. Pertanyem a la Unitat de Muntanya dels Mossos d'Esquadra, i la nostra missió és trobar els segrestadors per poder preparar el terreny als GEI.

—Els GEI, ha dit? —preguntà l'Horaci.

—Sí, és el Grup Especial d'Intervenció; els especialistes en aquestes situacions. Són quatre companys que deduïm que es troben just al davant d'aquella parella de segrestadors.

—I per què no actuen ells directament? —interrogà en Josep Ignasi.

—Nosaltres som experts en la recerca per muntanya; ells no ho són i ens necessiten. Creiem que la intenció d'aquells delinqüents és la d'acabar el camí i agafar un tot terreny que està estacionat al principi de la urbanització Can Solà, ja que aquest vehicle és robat, perquè ho hem pogut comprovar: les plaques de matrícula són falses.

—O sigui que volen envoltar-los —afirmà l'Horaci.

—Exactament, i més tenint en compte que ells no abandonaran el camí perquè es dirigeixen cap al tot terreny... tot suposant que estiguin sols.

—Què vol dir amb això?

—Aquella parella pot pertànyer a una banda que ja coneixem, però no sabem si actuen sols o amb el suport de més segrestadors. Si només són ells dos, perfecte. Però si apareix algú més la situació es pot complicar.

—Creu que són lluny?

—No, perquè carregant el noi es perd molt de temps. Devem ser a tocar seu.

—Però, i si aconseguissin arribar al tot terreny abans que nosaltres?

—No passaria res perquè li hem desinflat les quatre rodes com a mesura preventiva i no anirien gaire lluny, però li torno a dir que a mi el que més em preocupa és que no actuïn sols.

—Han parlat amb els pares d'en Roger?

—Estan informats de tot i ara mateix són en un cotxe patrulla.

Tots cinc van continuar amb una recerca que semblava que arribava al final; caminant amb decisió i sense cap lot engegada per evitar ser decoberts, sota la llum de la lluna, avançaven cap a un desenllaç incert i perillós.

A les sis del matí, els excursionistes van acabar de creuar la urbanització Les tres caravel·les i es van endinsar per un camí envoltat de bosc; un camí que els allunyava d'una civilització que no havien pogut abandonar des d'Olesa i que els menaria cap a Collbató, la darrera aturada abans d'atacar la muntanya. El cel ja no mostrava la monocromia del negre, sinó que s'entreveia una mena de claror que es diluïa amb la humitat de la rosada que anunciava un nou dia, una alba incipient que començava a treure el nas dins dels dominis fugissers de la nit. La Irene premia les dents amb força i caminava ranquejant; la Raquel tenia el cap en un núvol des que havia llegit el missatge de l'Adrià, però el dolor de les cames la feia aterrar a la realitat, i l'Èric —tot i les benes, apòsits, cremes i altres andròmines amb què anava equipat— començava a patir els efectes de més de tretze hores de caminada. A més a més, apareixia la son; aquella era una hora crítica en la qual a molts caminants, a més de pesar-los les cames, també els pesaven les parpelles i feien esforços gegantins per poder caminar i mantenir-se desperts.

De cop i volta el sergent Montalt es va aturar i va fer un senyal de silenci a la resta del grupet. Una ràfega lluminosa els sorprengué a tots cinc. No van tenir cap dubte: eren ells. L'agent Mas es va apartar cap a l'esquerra —uns quants metres pel mig del bosc— i els tres excursionistes van restar petrificats, amb el cor encongit i sense saber què fer. El sergent Montalt els xiuxiuejà:

—Mantinguin-se en silenci absolut i no es moguin ni un mil·límetre. No sé si ens han vist; m'imagino que sí. Són a uns quaranta metres al davant nostre. Ara no és el moment de fer-se l'heroi; ara és el moment de deixar-nos fer la nostra feina.

—D'acord —respongué en Joan Ignasi sense discutir l'ordre rebuda.

En aquell moment es va sentir una veu que es dirigia obertament cap a ells; era en Pedro:

—Polis, no us moveu d'on sou o mataré el noi!

Certament s'havien adonat que no només els perseguien els excursionistes.

—Deixa anar el noi i entregueu-vos. No compliqueu més la vostra situació! —contestà el sergent Montalt.

—Mira, imbècil, tu a mi no em dónes ordres, m'entens? I ara escolta'm bé. Vull un cotxe d'aquí a un quart d'hora al mateix punt en què tenia el tot terreny, però el vull sencer i amb les rodes en condicions.

El sergent Montalt no s'havia equivocat en les seves suposicions. Els segrestadors havien estat informats per altres companys seus, uns companys que ningú no sabia si en aquells moments actuarien per ajudar-los o ja estarien fugint ben lluny, per tal de no veure's implicats en la trama i no sortir-ne malparats. Existia una gran incertesa per saber el *modus operandi* que aplicaria la banda en aquell «segrest exprés», un de tants que darrerament havien proliferat al país. L'agent Mas preguntà en veu baixa al seu superior:

—Què fem, sergent?

—No podem actuar, és molt arriscat. Hem de guanyar temps sigui com sigui i esperar els del GEI. On coi deuen ser?

—I si no arriben en quinze minuts?

—Ara intentaré guanyar algun minut més, però si no apareixen llavors haurem de fer alguna cosa. Intentem acostar-nos-hi.

—D'acord, sergent.

—Escolta! —va dir reprenent el diàleg el sergent—. He parlat amb els meus superiors i és impossible dur un cotxe aquí en quinze minuts. M'han dit que mitja hora...

En Pedro consultà el seu rellotge i respongué lacònicament:

—Catorze minuts!

A l'Estela no se l'havia sentit, igual que en Roger, de qui van pensar que devia seguir inconscient.

L'Horaci, l'Adrià i en Joan Ignasi assistien expectants al diàleg entre el policia i el segrestador sense parpellejar. Semblava que la son acumulada no produís cap efecte en ells. Igual que el sergent, no preveien un final amb una solució gaire pacífica...

I els minuts anaven passant.

I va ser el moment de tenir el cotxe a punt i no havia aparegut cap més mosso d'esquadra, ni tampoc havia arribat el vehicle demanat pels segrestadors.

I ara què?

El paisatge que albiraven els excursionistes ja els era familiar. Començaven a veure l'orografia característica de les muntanyes de Montserrat. Aquells arrodoniments provocats en les roques per una natura capriciosa, ja els tenien a tocar. També van poder divisar Collbató, l'última aturada, l'última dificultat abans d'afrontar el gran repte: la pujada final a la muntanya.

En Pedro va tornar a parlar trencant el silenci de la nit, es va aixecar i va fer unes quantes passes endavant. Va ser el moment en què tots cinc van poder observar el perquè d'aquella situació de temps mort en la qual havien romangut durant quinze minuts: anava coix. El pes d'en Roger i la poca visibilitat —ja que tenia les mans ocupades per poder dur una lot— havien estat la causa per la qual el segrestador havia introduït el peu dins d'un petit clot que fou suficient per provocar-li una torçada de turmell. Des d'aquell moment va suposar que tard o d'hora la policia o aquells excursionistes tan tossuts arribarien a la seva posició, però de ben segur que vendria cara la seva pell i més tenint en compte que empunyava amb un cert nerviosisme una pistola que l'ajudaria a sortir-se amb la seva. Mentrestant, l'Estela restava quieta i sense dir res al seu costat, fidel a aquell home que li havia d'aconseguir una bona quantitat de diners. Ara, però, començava a dubtar-ne.

—Polis, s'ha acabat el temps! —cridà enrabiat.

I es va tornar a produir un silenci anguniós.

Alguna cosa s'havia de fer i alguna cosa podia passar llavors mateix...

RAQUEL

Ja fa temps que espero com una bleda. No sé què més haig de fer, ni com posar-me, ni quins comentaris deixar-li anar. No em fa gens de cas, res de res. Vejam si apuntant-me a la Pujada a Montserrat se li acut de fixar-se en mi, de dir-me alguna cosa més que paraules amables i de vegades intencionades, però finalment insípides i buides.

Mai no he caminat tant en la meva vida; això és una bogeria i intento fer el cor fort i no desanimar-me per no semblar una figaflor. Però aventurar-te a fer gairebé seixanta quilòmetres sense cap mena de preparació prèvia és de sonats. «Va, vine, Raquel, veuràs com ens ho passarem com mai. Serà una nit inoblidable, ja veuràs.» Paraules i més paraules que em van convèncer; de fet, només cal que parli per tenir-me ben convençuda... és tan guapo... em fonc de desig cada cop que el veig, m'hi llançaria a sobre i me'l menjaria a petons. Aquells clotets que se li fan a les galtes cada cop que somriu... No puc parar de pensar en ell nit i dia. Me n'he enamorat com una idiota. M'agrada i donaria tot el que fos perquè ell em demanés per sortir.

Adrià, Adrià, tens nom d'emperador de l'antiga Roma i jo seria la teva emperadriu si m'ho demanessis, però no em dius res i això m'amoïna i em fas viure amb un dolor al cor que no puc suportar. Fins i tot he enredat a la Irene a venir, ja que necessito la meva amiga al costat perquè em recolzi en aquests moments d'incertesa.

Adrià, Adrià, vull que em diguis que t'agrado, que estàs bojament enamorat, que no pots viure sense mi. Què esperes?

ADRIÀ

M'agrada amb bogeria; no ho puc evitar i tampoc dissimular (això penso), però el meu problema és massa greu.

No tinc el valor per dir-li a la Raquel tot el que sento per ella. És una contradicció brutal, però no hi ha manera que canviï. Sóc un noi superextravertit en les relacions amb els altres, però quan una noia m'agrada... Llavors no sé què em passa; m'envaeix una covardia, una mena de pànic que m'impedeix de poder expressar els meus sentiments. Potser per això només he sortit amb una noia, l'Ester, i em va posar les banyes amb en Sebas, pitjor no em podia haver anat.

Raquel, Raquel, m'agrades i no sé com fer-ho per dir-t'ho, i el que més m'angoixa és que sé que puc estar força temps així. Fins que vingui algú més decidit que jo i et demani per sortir... Si això passés em moriria, però d'on puc treure el valor per avançar-me i dir-te tot el que sento per tu?

Només l'Èric coneix els meus sentiments i no m'estic portant gens bé amb ell. Hi ha alguna cosa que l'angoixa darrerament i no m'ha dit què és. Hauria d'insistir més perquè em parli i m'expliqui fil per randa què li passa.

La veritat és que el tinc força abandonat, ja que tot el dia li parlo de mi i no sóc capaç de preguntar-li com es troba.

Raquel, Raquel, com ho haig de fer per deixar-me anar i expressar els meus sentiments? Tant de bo que ho sapigués i així podria deixar de patir, i si em diguessis que sí... llavors seria el tio més feliç del món.

9. COLLBATÓ (dissabte, 7.00 h)

—Tenim el cotxe a punt? —preguntà neguitós en Pedro.

—Sí, sí —va mentir el sergent—, ara mateix acaba d'arribar. És un Opel Astra... de color blanc.

—Si veig que ens seguiu, li engegaré un tret al nen i s'haurà acabat la història! Entesos?

—Com vostè vulgui, però no li faci cap mal, estigui tranquil.

L'Horaci mirava de reüll el sergent Montalt. Creia que estaria més avesat a aquelles situacions i li notava un alt grau de nerviosisme i inseguretat, per això li preguntà:

—És la primera vegada que es troba en una situació així, oi?

—Bé, a l'Acadèmia dels Mossos, allà a Mollet, havíem fet algun supòsit pràctic, però la veritat és...

que sí. Ja li he dit que nosaltres som de la Unitat de Muntanya...

—I doncs? —preguntà sorprès en Joan Ignasi, mentre l'Adrià restava callat i espantat en aquell món d'adults ple de perills.

—Els del GEI encara no han arribat. No sé què els deu haver passat. Nosaltres els hem concretat la nostra situació; ells duen GPS... però es deuen haver perdut...

—Però no hi ha cap cotxe! —digué enfadat l'Horaci.

—Què volia que fes? Havia de guanyar temps.

—Hem de seguir-los —va indicar l'Adrià—, si no quan vegin que el sergent els ha enganyat es carregaran en Roger.

—Però, i si ens veuen? —comentà el sergent.

—No ens queda cap altra opció; ens hem d'arriscar —indicà l'Horaci.

En Francesc va mirar el rellotge i va poder constatar que anava acomplint amb escreix els intervals de temps establerts. Ja començaven a caminar pels primers carrers de Collbató en direcció cap a la plaça de l'Església; mentrestant, l'alba ja s'havia fet present i el dia començava a vèncer la nit. Llavors tot va succeir molt ràpid: l'Èric va notar una estrebada fortíssima al genoll i de retruc va caure a terra. La Irene i la Raquel es van ajupir ràpidament per auxiliar-lo, però l'Èric amb prou feines podia moure el genoll.

Era el mateix genoll que l'any passat el va fer abandonar a Olesa.

Va començar a vessar unes llàgrimes que eren una barreja de dolor i d'impotència, unes llàgrimes que contrastaven amb les riallades sardòniques d'un Sebas que el va escarnir:

—Ets un fracassat i un dèbil. No arribaràs mai a Montserrat. T'ha passat igual que l'any passat; ja no ho hauries ni d'haver intentat. Au, retira't, vés a casa i que et cuidi la mama!

—Ets odiós! —cridà la Raquel, mentre la Irene amanyagava maternalment l'Èric—. No et vull ni veure!

—Ui, ui, la gateta s'enfada, ja me´n vaig, no sigui que m'esgarrapis...

L'Èric patia més per les paraules d'en Sebas que no pas per la seva situació. Va agafar una de les pomades (una antiinflamatòria) i es va empastifar ben bé el genoll. Llavors va extreure de la seva motxilla una bena i es va aplicar un embenat compressiu molt fort, que gairebé li impedia el moviment articulatori del genoll. Va notar un alleujament i sense retreure les paraules d'en Sebas, es va aixecar amb dificultats i va continuar caminant, tot ranquejant. Només va dirigir una sola paraula cap aquell fanfarró, «Arribaré», acompanyada d'una mirada de menyspreu.

L'Horaci, l'Adrià i en Joan Ignasi s'internaven cap a l'esquerra, mentre que el sergent Montalt i l'agent Mas es van encaminar cap a la dreta. No sabien ben bé com havien d'actuar, però van intentar acostar-se al més a prop possible a en Pedro, l'Estela i en Roger.

De cop i volta es van sentir dos espetecs secs.

—Són trets! —ratificà el sergent Montalt.

Un cop van haver arribat a la plaça de l'Església de Collbató, es van trobar per darrer cop amb els cotxes escombra. La propera vegada que es veurien ja seria a l'arribada a Montserrat. Els caminants van aprofitar aquesta darrera aturada per esmorzar; van menjar magdalenes, croissants, ensaïmades i tota mena de brioixeria que duia l'assistència, tot regat amb batuts de cacau i sucs de diferents gustos. Alguns adults i antics alumnes es van encaminar cap a un bar —que ja coneixien d'altres ocasions— per anar a prendre un cafè amb llet ben calent; ja que la matinada era ben fresca i els cossos destemplats i morts de son agraïen aquell piscolabis que els confortava. L'aturada era d'uns quaranta minuts i en Francesc s'estava a la plaça interessant-se per tots i cadascun dels participants, tot animant-los a afrontar el repte final. Seguia intentant contactar amb els mòbils dels seus companys, però el que no sabia era que aquests els havien desconnectat per evitar qualsevol soroll en aquells moments tan crítics.

Després d'haver sentit que disparaven, els tres excursionistes i els dos policies ja no van tenir cap mena de cura a camuflar-se i mostrar-se discrets en l'acostament cap als segrestadors. Ara corrien a cor què vols i tots amb el mateix pensament. Què li hauria fet aquell boig a en Roger?

Però un cop van haver arribat al lloc on eren els segrestadors, els va sorprendre una situació del tot inesperada: l'Estela els va rebre amb un tret que li va sortir força desviat i que no els va ocasionar cap mal. Al seu costat, en Pedro restava immòbil a terra, però en Roger... en Roger no era amb ells. L'Estela va continuar disparant, i tots cinc s'estiraren a terra, a uns deu metres. De cop i volta, van sentir un soroll diferent al dels trets. El sergent Montalt cridà:

—Se li ha encasquetat l'arma, som-hi!

I tots cinc, d'una manera força graponera però efectiva, es van abraonar damunt l'Estela i la van reduir a l'instant. En Pedro continuava estirat a terra, però començava a moure el cos lentament, moment que aprofitaren per lligar-lo amb les manilles que portaven els mossos. L'Estela, molt nerviosa, no parava de cridar:

—Ha estat ell, ha estat ell! —tot assenyalant en Pedro—. Jo només complia les seves ordres! Em tenia amenaçada!

—Calmi´s, senyora —increpà l'Horaci—. On és en Roger?

—No ho sé —va contestar atabalada—. Ha estat tot molt ràpid.

—Faci el favor d'explicar-se des del principi —li exigí en Joan Ignasi.

L'Estela va agafar aire, es va tranquil·litzar momentàniament i va intentar aclarir què havia succeït en aquells darrers moments, tot pensant que col·laborant amb ells i explicant la veritat seria una bona manera de restar temps a la futura condemna que se li apropava.

—En Pedro s'havia fet mal al peu i ha vist que li seria impossible de carregar en Roger. Per això l'ha despertat amb amoníac, i l'ha obligat a caminar. La nostra intenció era arribar a la carretera, i si vostès no ens haguessin deixat un cotxe, fugiríem aturant el primer que veiéssim a punta de pistola. En ser la matinada de dissabte confiàvem que algun jove que tornés de marxa podria passar per allà. Però llavors, sense gairebé ni adonar-nos-en, en Roger ha agafat un roc i li ha donat un cop al cap a en Pedro, que l'ha deixat estabornit. Ho ha fet aprofitant un moment en què s'havia ajupit per fer-se una frega amb pomada antiinflamatòria al peu. Ens ha agafat de sorpresa i llavors ha arrencat a córrer bosc endins. Jo he agafat la pistola i he disparat un parell de trets a l'aire (ho juro), perquè no sé disparar i perquè només volia que s'espantés, però ha estat inútil.

Tots cinc l'escoltaven amb gran atenció i perplexitat alhora. En Roger havia reaccionat a l'olor penetrant de l'amoníac i havia recuperat plenament la consciència i la mobilitat. Havia estat llavors quan havia pogut lligar caps i adonar-se que l'havien segrestat. El detonant havia estat sentir, entre d'altres, la veu de l'Horaci. Aquell va ser el moment en el qual va comprendre que l'estaven buscant, i per això es va armar de coratge i va esperar el moment adequat per poder reduir en Pedro i sortir corrents... i finalment el va trobar.

De sobte es van sentir uns crits ben a prop d'allà on eren:

—Aquí! Sóc aquí! Veniu!

—És en Roger! —exclamà l'Adrià.

Sense donar temps a pensar-s'ho, els tres excursionistes van començar a córrer cap al lloc on s'anaven repetint els crits, cada cop més forts; mentrestant, els mossos es van quedar vigilant els segrestadors. Finalment, van arribar a peu de carretera i allà trobaren en Roger, envoltat per quatre homes equipats amb una vestimenta més pròpia de soldats que no pas d'un cos policial especial. I amb uns fusells d'assalt que imposaven molt de respecte. Finalment havien aparegut els integrants del GEI. Llavors el noi es va abalançar cap a l'Adrià, l'Horaci i en Joan Ignasi, mort de por i plorant a llàgrima viva, descarregant tota la tensió acumulada, i s'hi abraçà, tot cercant una protecció que ara sí que tenia. Ningú no el tornaria a privar de la llibertat; el malson ja havia acabat.

Minuts després van arribar tres cotxes patrulla dels Mossos, que portaven al seu interior una sorpresa ben agradable per a en Roger: els seus pares, que en veure'l el van omplir de petons i abraçades, i tots tres van destil·lar llàgrimes d'emoció i de felicitat. Uns pares que també tingueren un moment per veure l'Horaci i adreçar-li unes paraules d'agraïment i de perdó per l'actitud mostrada envers ell hores abans, una actitud que el mateix Horaci qualificà de normal, tenint en compte la situació que estaven vivint, i no va voler donar-hi cap mena d'importància.

Finalment un mosso d'esquadra, que es va presentar com a inspector Martí del Grup Especial d'Intervenció, es va adreçar als tres excursionistes:

—Vostè deu ser el responsable de la Pujada a Montserrat, oi? —va dir dirigint-se a l'Horaci—. Han estat molt valents i imprudents alhora.

—Potser sí —contestà l'Horaci—, però havia perdut un excursionista i l'havia d'anar a buscar; era la meva obligació.

L'inspector va veure la fermesa i l'obstinació en els ulls de l'Horaci. Aleshores va comprovar que seria una tasca inútil fer-lo entrar en raó tot comentant-li el risc que havien corregut i l'immens perill a què s'havien exposat. Per això els va agrair el seu valor i no va voler incidir més en l'assumpte:

—Bé, senyors, aquí ara ja no fan res. Nosaltres ens encarregarem de tot; vostès hauran de seguir la caminada, no?

—Finalment sí. Avui ja hem tingut prou impediments, no creu?

—Pel que fa a mi, no els en posaré més. Un cop hàgim fet el tràmit de comprovar l'autenticitat de les seves dades personals, els deixaré marxar. Tot i així comprendrà que ens hem d'assegurar del tot. No pateixi, només hem de fer una consulta, via intranet, al nostre fitxer. Això sí, d'aquí a uns dies el citarem a la comissaria més propera al seu domicili per venir a declarar. Ho entén, oi?

—Moltes gràcies, senyor inspector, però perdoni que vulgui insistir en el tema —digué l'Horaci—, però aquest segrest no està del tot resolt i vostè ho sap.

—Té tota la raó, i no cal que ho juri. És força estrany, per això uns quants dels meus homes estan fent una batuda pels voltants del bosc i per ara no han trobat res. Seguirem insistint, però el més important és que al noi no li ha passat res i, a més, hem detingut els segrestadors.

—Potser té raó, inspector, és més important el resultat final que no pas els mitjans per aconseguir-lo, i encara sort que la història ha acabat bé.

—Horaci —li digué en Joan Ignasi interrompent la conversa—, mira quina hora és. Els nostres companys deuen ser a Collbató. Si anem caminant dubto que puguem resistir l'esforç i no arribaríem pas. A més, portem gairebé tres hores de retard i això és irrecuperable, ni corrent podríem atrapar-los.

—Tens raó, Joan Ignasi —assentí l'Horaci—. Què proposes?

—Si aquests agents són tan amables —va dir mirant l'inspector—, crec que ens podrien acompanyar amb cotxe fins a Collbató i així ens reuniríem amb tots els altres i podríem atacar la muntanya tots junts sense perdre temps. Amb cotxe, hi podem arribar de sobres en vint minuts.

L'inspector, atent a la conversa mantinguda pels dos professors, els va interrompre per confirmar la resposta que esperaven:

—Per descomptat, només faltaria. Ara mateix aviso un agent i els acompanyarà fins on vostès vulguin.

Els tres excursionistes es van acomiadar de l'inspector, dels policies i, sobretot, d'en Roger, que se'n tornava ràpidament a casa amb els pares... Finalment el terrible malson havia acabat de la millor manera possible.

Quan el cotxe patrulla dels Mossos d'Esquadra va arribar a la plaça de l'Església de Collbató, la multitud va esclatar de joia i alegria. Els alumnes, exalumnes, professors, pares i mares van rebre l'Horaci, l'Adrià i en Joan Ignasi com si fossin autèntics herois. Tot eren abraçades i petons a dojo; tots van valorar la seva actitud i van celebrar un final feliç que hauria pogut esdevenir una tragèdia. En Francesc i l'Horaci es van fondre en una gran abraçada i l'Adrià va arribar on eren els seus amics i, sobretot, va veure la Raquel, més guapa i radiant que mai; posseïa una bellesa diferent. No es podia comparar amb la manera com l'havia vist anteriorment. Tot i els ulls enrogits pel cansament i l'expressió de fatiga del seu rostre, la seva mirada deixava entreveure una guspira que encenia la passió de l'Adrià. Seguidament es va acostar a ella i l'Èric i la Irene van prendre part en el joc deixant-los sols amb tota delicadesa i simulació. Finalment, es va aturar davant d'ella i li digué amb un to de veu nerviós i pres per una timidesa incipient:

—Hola, Raquel...

—Hola, Adrià.

—Res, que et volia dir que allò que em vas escriure pel mòbil, doncs... que... vaja, que em va agradar molt.

—Bé, és el que sento, i per això no m'ho volia guardar per a mi sola.

Ambdós restaven palplantats sense gosar moure's i seguien una mena de diàleg postís, aquell diàleg que enceten les persones que tenen molt a comunicar-se i no saben com sortir-se'n.

—La veritat és que jo també estic molt bé quan estic amb tu i... no sé... crec que si tu volguessis... Vaja, crec que podríem...

—Què em vols dir, Adrià? —preguntà plena d'excitació.

—Buf... Doncs que ja fa temps que ens coneixem i si tu vols... No sé, vaja...

La Raquel va fer un primer pas important; va agafar les mans de l'Adrià i les va estrènyer amb força. L'Adrià va restar sorprès per la reacció tan agosarada de la seva amiga i, traient tot el valor que pogué, es va atrevir a parlar-li amb franquesa:

—Mira, Raquel, ja fa temps que...

Però en aquell moment l'Adrià va notar una empenta al seu darrere que el va sacsejar amb força i li va faltar ben poc per no anar per terra. Llavors es va girar d'una revolada i va veure en Sebas, que reia a cor què vols.

—Hola, Adrià –li va dir—, ja has acabat de fer l'heroi amb aquell nen de tercer? Ara, si vols, podem veure qui és més home i arriba primer al final de la Pujada. Què et sembla?

—M'estàs desafiant?

—T'estic dient que vull demostrar davant de tothom que no m'arribes a la sola de la sabata i patiràs la derrota més humiliant de la teva vida.

—Deixa'l estar —li demanà la Raquel—; no li facis cas.

—No pateixis, Raquel —li digué mirant-la amb una barreja de tendresa i desig—. Ho haig de fer. Ja n'estic fart, i algú li ha d'aturar els peus, a aquest busca-raons.

Seguidament l'Adrià va fixar les regles del joc:

—Molt bé, Sebas, però posarem unes condicions:

—D'acord, què vols? Cinc minuts d'avantatge? —digué mofant-se davant d'un gran grup d'alumnes i exalumnes que començaven a envoltar els dos nois, atrets pel repte que s'estava gestant.

—No, Sebas, no vull cap avantatge; només vull que si guanyo jo deixis de molestar, de provocar, d'insultar i de burlar-te de tots nosaltres, dels teus companys d'escola.

—I si guanyo jo? Ja que aquest és l'únic final possible d'aquesta cursa —afirmà convençut.

—Tria el que vulguis —va contestar estoicament l'Adrià.

Després d'uns tensos moments en què en Sebas va pensar el seu premi, finalment va proposar:

—Mira, Adrià, quan guanyi t'estaràs tot aquest curs anant a l'escola amb el cap rapat. Ja m'encarregaré jo d'explicar a tothom, des dels més petits de primer d'ESO fins als més grans, que això significa que en Sebas t'ha derrotat, que ets un perdedor i que no vals per a res.

—No acceptis, Adrià —digué l'Èric, que s'hi havia acostat, juntament amb la Irene—. No val la pena arriscar-te a perdre perquè després et pugui humiliar d'aquesta manera.

L'Adrià va dubtar uns moments. Era una aposta molt comprometedora; les seves condicions físiques eren bones, però en Sebas era un atleta excel·lent. El risc era molt gran i si perdia significaria per a ell un càstig tan vergonyós i cruel que li seria molt difícil de suportar. Però finalment l'Adrià va demostrar una valentia i enteresa que va animar els seus companys:

—No et tinc cap mena de por, Sebas —i li allargà la mà per consignar el tracte—. Només espero que compleixis la teva paraula.

ÈRIC

La meva mare es mereix molt més que aquest sacrifici, que aquesta mena de promesa que vaig jurar que faria si se'n podia sortir. La meva mare mereix viure perquè és una dona jove i no pot ser que la mort vingui per endur-se-la. El dia que em va dir que a la revisió ginecològica li havien detectat un tumor al pit vaig començar a plorar com un nen petit. Em va fer ràbia que la meva impotència per contenir-me obligués la meva mare a consolar-me a mi, quan havia de ser just al contrari. Pensava que ja era un adult i em vaig adonar que encara actuava com un nen. Cada passa que faig, cada metre que avanço en aquesta Pujada a Montserrat és una victòria, una victòria que li dedico, una victòria que vol superar totes les penes i els mals moments que hem arribat a superar sols. Perquè des del primer dia ella va voler que la seva malaltia no fos explicada a nin-

gú; la discreció es va convertir en el seu màxim desig. Mai no va desanimar-se ni va perdre la brillantor dels seus ulls, fins i tot, en els moments més durs, en què la quimioteràpia la va castigar tot desposseint-la de la seva llarga cabellera morena, ella continuava amb el seu bon humor i amb una esperança de viure que em contagiava, tot arribant-me al moll de l'os. L'any anterior no vaig acabar la Pujada, em vaig haver de retirar, i per culpa d'en Sebas vaig ser la riota cruel d'alguns companys de l'escola durant temps, però aquest any no passarà, ho juro, perquè aquest any sí que tinc un motiu que farà que res ni ningú em puguin aturar.

10. LES SET VOLTES (dissabte, 7.45 h)

Van fixar les condicions i regles: la cursa començaria quan l'Horaci donés el tradicional tret de sortida que donava via lliure als excursionistes per poder pujar la muntanya. I acabaria quan el primer dels dos arribés a la plaça que dóna accés al recinte del monestir. L'única regla fou la de no perjudicar de cap manera el rival. El camí era el mateix per a tots dos, ja que no n'hi havia cap altre i era impossible fer trampes seguint una drecera. Era el Camí vell de Collbató al Monestir, una via que tenia segles i segles d'història, també anomenat Camí de les set voltes, ja que s'havien d'esquivar fins a set vegades uns revolts que tenien la forma d'una U molt pronunciada i deixaven al descobert cada vegada que s'arribava al final un excel·lent mirador des d'on es dominaven un munt de camps i poblacions

(Collbató, Olesa, Esparreguera, Monistrol... entre d'altres). Ja es tenia constància d'aquest camí en temps del rei Pere III —feia més de sis-cents anys—, i sembla que aquest hi havia fet construir set creus, una a cada revolt. Ara no n'hi havia cap, però. Aquell camí també es coneixia com el de les Bateries, perquè a l'època de la guerra del Francès l'exèrcit napoleònic hi havia instal·lat (pel seu valor estratègic) unes peces d'artilleria que amenaçaven la plana de Collbató.

A la plaça de l'Església de Collbató, l'Horaci seguia rebent enhorabones, abraçades i encaixades de mans dels participants, fins que se li acostà en Francesc i li va recordar que ja s'havia fet de dia i era el moment de donar la sortida a l'últim tram de la Pujada, un darrer tram que va patir les baixes de dotze caminants més que van dir prou a l'aventura, perquè ja no podien resistir ni una sola passa més. Un adéu molt dolorós perquè s'havien quedat a les portes de l'objectiu final, ja que la muntanya els havia vençut sense ni poder intentar combatre per coronar-la.

A tres quarts de vuit, l'Horaci va donar el permís per poder pujar a la muntanya tot cridant «Via lliure». L'única indicació que prèviament havia recordat va ser informativa i amb l'objectiu d'evitar la pèrdua dels excursionistes: «El camí sempre està assenyalat amb fletxes grogues i no té pèrdua. L'única dificultat que us trobareu serà una bifurcació a mig recorregut: a banda esquerra llegireu en un rètol molt ben indicat «Sant Joan» i cap a la dreta «Sant Miquel». Heu de seguir aquest darrer camí i arribareu al final sense cap problema, i si voleu podeu agafar alguna flor pel camí; aquesta pot ser la vostra ofrena particular a la Moreneta.»

A la plaça de l'Església de Collbató van començar a córrer una vintena d'excursionistes; aquells a qui encara les forces els responien amb una vigorositat inusual després de l'esforç realitzat durant la tarda, nit i matinada. Tots eren alumnes de quart o exalumnes joves. L'únic adult que també es va afegir a aquell selecte grup d'autèntics fora de sèrie fou en Francesc, fent honor a les seves condicions atlètiques de professor d'Educació Física.

En Sebas va sortir com una fletxa i va enfilar amb decisió i en solitari el carrer de Pau Bertran, que era el que menava cap al carrer Drecera, que conduïa directament al camí, ja als afores de Collbató. A uns deu metres, el perseguien un grupet d'uns deu excursionistes, entre ells l'Adrià i en Francesc, i a uns vint metres un segon grupet corria a un ritme més lent. Finalment el gran grup tot just començava a caminar per afrontar el repte de la darrera pujada, a un ritme i amb unes forces molt diferenciades.

Quatre oliveres, dues nogueres i uns quants ametllers van donar la benvinguda als corredors en el començament del camí de les set voltes. Aquests, però, no van tenir temps d'aturar-se i veure la placa on s'explicava el camí, s'informava dels aproximadament sis quilòmetres de pujada i s'especificava que el desnivell podia oscil·lar entre els quatre-cents noranta- cinc metres de pujada i els cent vuitanta de baixada. L'únic que els interessava era córrer, córrer molt i més que els altres, superar-se a si mateixos i els seus límits. També havien d'aprofitar que aquells primers metres —els aproximadament vuit-cents entre la plaça de l'Església i l'inici del camí i uns dos-cents metres fins a a arribar al terreny escarpat— eren de carretera i després es convertien en pista forestal, una superfície on es podia córrer molt bé.

I de cop i volta el terreny es va empinar i va començar, de debò, la Pujada.

I van començar a retrunyir els castigats genolls i quàdriceps dels atletes.

Ara ja no es corria; es caminava ràpid perquè el percentatge de desnivell era molt elevat. En Sebas seguia imposant un rime furiós i anava al davant de tothom. Semblava que la ràbia per poder demostrar la seva superioritat davant dels altres i poder vantar-se davant l'Adrià, li donés ales als peus i no notés la dificultat de l'orografia del terreny. Tot i així, l'Adrià no el perdia de vista i, panteixant, seguia amb prou feines les petges que deixava el seu rival.

L'Èric, la Raquel i la Irene van començar a caminar amb el mateix ritme lent que els havia conduït fins a Collbató. Ni la butllofa de la planta del peu de la Irene, ni el genoll castigat de l'Èric, ni l'esgotament generalitzat de la Raquel els van impedir de voler afrontar la Pujada final. Havien arribat fins allà i havien d'acabar fos com fos.

L'Horaci va comprovar que tots i cadascun dels supervivents ja havien encetat la part final de la XXVI Pujada a Montserrat. Ell era l'últim. Llavors va aixecar els ulls i va mirar la muntanya amb respecte; aquell conjunt peculiar de roques arrodonides que l'havien vist pujar els darrers vint-i-sis anys. Es va aferrar fort al seu bastó i va començar a caminar en solitari, mentre unes llàgrimes li naixien dins d'uns ulls envermellits, fruit del cansament, la tensió viscuda i l'emoció.

Set minuts i mig després d'haver començat l'ascensió, en Sebas arribava a la primera volta. Es va aturar un moment i va veure darrere seu, a uns trenta metres, el grupet que encapçalava l'Adrià, un Adrià que amb prou feines intentava reduir una distància que, inevitablement, començava a incrementar-se. En Sebas va fer una rialla de satisfacció i va continuar imprimint un ritme fortíssim. Havien recorregut uns nou-cents metres de pujada.

A poc a poc els excursionistes anaven agafant el seu ritme i intentaven no perdre'l, per això la muntanya de Montserrat es va convertir en un autèntic formiguer poblat d'homes i de dones, de nois i noies, cadascun amb la seva cadència i amb un únic objectiu: pujar, pujar i pujar...

El peu de la Irene supurava; l'excés d'esforç que estava suportant la va obligar a demanar als seus dos companys que continuessin sense la seva companyia, ja que ella no sabia fins on podria seguir, perquè havia arribat a una situació en la qual no caminava, s'arrossegava. La Raquel va decidir de quedar-se amb ella i l'Èric va dubtar. No sabia què fer. Ell volia i havia d'acabar; la seva promesa pesava més que tota la resta de situacions i persones. Quedar-se amb la Raquel i la Irene podia significar que a mig recorregut decidissin d'abandonar i demanar ajut. Ell havia d'arribar com fos al monestir; ho havia promès i no podia fallar. Finalment li va doldre haver de prendre la decisió i elles ho van entendre perfectament; només calia veure la cara de neguit que feia per poder aconseguir l'objectiu esperat. Ell va seguir caminant mentre les noies s'aturaven a descansar. A poc a poc la figura de l'Èric es va anar empetitint en la llunyania, mentre la Raquel i la Irene encara seien a terra, en un marge del camí descansant i bevent aigua.

L'Horaci sempre s'havia situat al davant de tots, comandant l'expedició, però en començar el tram final restava el darrer, com aquell capità que és l'últim d'abandonar el vaixell quan s'enfonsa. Ara feia la funció d'escombra, d'anar arreplegant tots els excursionistes que defallien en el moment final, i sempre tenia una paraula d'ànim a punt per a cadascú. Però aquell matí pensà que potser aquella paraula se l'hauria d'aplicar a ell mateix, perquè dubtava, més que mai, de poder arribar fins dalt.

A la segona volta —que estava senyalada per una gran bandera estelada pintada en una roca immensa, i que es podia veure perfectament des de la plana de Collbató—, en Sebas hi va arribar dotze minuts després d'haver començat la Pujada. Compassant sempre la respiració amb el nas i la boca, seguia grimpant per la muntanya com una cabra salvatge. L'Adrià no perdia la referència visual amb el seu rival, però comprovava que la distància anava augmentant progressivament.

La tercera volta era molt a prop de la segona, gairebé a tocar. En Sebas hi havia invertit quinze minuts. L'Adrià, però, el perseguia a gairebé un minut. La cursa començava a anar a favor d'en Sebas i cada cop que girava el cap veia el seu rival més lluny. Aquesta circumstància, però, l'animava a caminar amb més força i rapidesa.

L'Èric patia uns dolors de molta intensitat al genoll, sobretot en els moments en què la pujada esdevenia més pronunciada, i pensà que quan hagués de fer el moviment de baixada aquells dolors anirien augmentant gradualment. L'Adrià li havia explicat setmanes abans que la part final del recorregut era una baixada molt forta. Va aprofitar una roca que sobresortia al voral del camí i es va asseure, va agafar la motxilla i va extreure una gran bena i esparadrap per fer-se un altre embenat compressiu al genoll, tan tibant que gairebé li tallava la circulació, però era l'única manera de poder mitigar un dolor persistent.

La Irene i la Raquel van reprendre la marxa. Es ressignaven cada cop que els anaven avançant molts companys i companyes de Pujada, i van comprovar com aquells somriures, bromes, rialles de la nit anterior havien desaparegut de les cares de tothom. Ara s'havia de reservar totes i cadascuna de les poques forces disponibles, i parlar volia dir malbaratar-les. Per això la corrua d'excursionistes semblava la Processó del Silenci, un silenci que hauria d'esclatar en joia quan arribessin al final.

En Sebas va arribar a la quarta volta quan el rellotge marcava dinou minuts de cursa. L'Adrià ja no capitanejava el grup perseguidor i havia cedit el relleu a un Francesc que es trobava molt pletòric de forces, i per això va augmentar el ritme de pujada, tot aconseguint que la distància amb en Sebas s'estabilitzés.

L'Èric es va aixecar de la pedra i amb el genoll immobilitzat per l'opressió del segon embenat compressiu va seguir el camí. Dins seu només existia un sol pensament que li feia repetir la mateixa frase: «Haig d'arribar per tu, mare. Haig d'arribar per tu, mare. Haig d'arribar per tu, mare...»

L'Horaci va sentir una fiblada molt forta a l'esquena i es va aturar uns segons. «L'hèrnia discal», va pensar dins seu. Encara sort que anava preparat per a aquells moments de dolor: va extreure dos Nolotil de la seva motxilla i els va ingerir. Tal dia com avui, ara feia sis anys, li havia succeït el mateix problema i la doctora Cerdà —la seva metgessa de capçalera— li va prohibir els esforços continuats i, òbviament, entre aquests s'incloïa la Pujada a Montserrat. Però havent comprovat la inutilitat de les seves paraules envers el seu tossut pacient, havia optat per orientar-lo en com i amb què actuar en cas d'una crisi de dolor agut a l'esquena. Per això l'Horaci sempre duia a sobre aquest medicament, receptat per la seva doctora, per mitigar el dolor. Al cap d'una estona va exercitar uns moviments lents però continuats i va comprovar que es trobava millor. Llavors va reprendre la marxa fent tentines.

La coixesa de la Irene era ben visible i l'esgotament de la Raquel anava *in crescendo*: cada passa era un sofriment, però cada passa era una petita victòria al dolor i a la muntanya. Era una superació constant, talment una autèntica escola que preparava per a les dificultats de la vida.

Cinquena volta. En Sebas continuava encapçalant l'aposta: vint-i-sis minuts de cursa i feia poca estona que havia superat l'equador de la Pujada, justament en el punt en què un pal indicador al mig del camí bifurcava les dues opcions, tal com l'Horaci els havia indicat. No hi va haver cap confusió i tots van seguir el camí de la dreta, el que menava cap a Sant Miquel, el que conduïa cap a un monestir que cada cop era més a prop. L'avantatge d'en Sebas es movia entre un minut i un minut quinze segons. Tot i que la distància a recuperar era llarga, l'Adrià premia les dents i no es rendia.

Sisena volta; trenta-tres minuts. L'Adrià va començar a defallir i es despenjava del grupet que perseguia en Sebas. Semblava que el món li queia al damunt. Les seves cames no podien seguir amb la mateixa intensitat dels altres participants. En aquell moment plorà; plorà d'impotència, però va continuar impulsant a cada passa la ràbia; una ràbia que tenia acumulada al fons del seu cor.

Setena i darrera volta; quaranta-un minuts. En Sebas va coronar la darrera pujada i va observar de lluny que l'Adrià no es trobava entre el grupet que continuava comandant en Francesc. A partir d'aquell moment va iniciar un darrer tram de gairebé un quilòmetre i mig de baixada fins al monestir. La part més dura havia finalitzat. Ara, però, s'havia d'anar amb compte amb les possibles caigudes i amb els problemes de genoll, ja que després de forçar aquesta articulació en una mateixa postura tanta estona es produïa de seguida un canvi brusc en la gesticulació, i això podia provocar alguna lesió als corredors. En Sebas va arribar a una gran bassa plena de peixos vermells que se situava a uns cent metres de la capella de Sant Miquel; d'allà estant, ja s'albirava el monestir i el camí es feia ample i de pedra.

Llavors va passar allò que era impensable.

En Sebas va caure a terra i va començar a cridar de dolor com un esperitat.

Però el dolor no va ser produït a causa de la caiguda.

S'agafà ben fort la cama esquerra i es va espantar quan va veure que no la podia doblegar. Els lligaments creuats del genoll havien dit prou. L'esforç sobrehumà que havien resistit fins llavors es va estroncar de cop quan es van esberlar en milions de bocins. Aquells teixits fibrosos ínfims, imprescindibles per unir les articulacions, havien estat víctimes d'un còctel ben perillós: la sobresaturació d'esforç... més una torçada del genoll. Es va aixecar d'una revolada, però l'extremitat li havia quedat totalment inutilitzada. El dolor era tan fort que gairebé no podia trepitjar el terra. Ho va tornar a intentar, però només va aconseguir tornar a caure.

Llavors es va adonar que havia perdut, i aquest era l'únic mal que li provocava dolor: un dolor ben amarg.

El grup d'en Francesc va arribar a l'alçada d'en Sebas i el van veure ajagut a terra, impotent. Llavors va intentar de dissimular la seva penosa situació davant la cara d'estupefacció de tots i, sobretot, de l'Adrià, que s'havia pogut tornar a reincorporar. Quan va passar pel seu costat ni li va dirigir la mirada i va seguir corrent, corrent cap al final, corrent cap a la victòria més desitjada.

En Sebas, el «SuperSebas», el millor atleta, el qui tenia les capacitats innates plenes d'excel·lència, va poder comprovar que no es pot forçar el cos més que els propis límits que ell, sàviament, indica. Llavors va passar per allà en Pere Lluís, i la seva cara quan va veure el seu ídol caigut va ser una barreja de perplexitat i decepció. El seu «invencible» Sebas restava a terra, com un gos, derrotat, humiliat i impotent. Va arribar al seu costat i no sabia què fer ni què dir. Finalment en Sebas el cridà:

—Però què fas aquí quiet i mirant-me? Va, ajuda'm!

En Sebas va haver de continuar fins al final recolzant-se a les espatlles del seu amic, ajudat per en Pere Lluís i mort de vergonya.

Tres quarts d'hora més tard d'ençà que els primers ja havien arribat, quan el rellotge marcava un quart de deu, l'Èric avançava a poc a poc arrossegant una cama —el genoll ja no li responia— i va poder descobrir la rampa final, la rampa que dóna accés a la plaça d'entrada al recinte del monestir de Santa Maria de Montserrat. Quan va tenir instal·lada aquesta imatge als seus ulls, aquests no van poder contenir les llàgrimes, que van començar a lliscar a borbolls. I llavors va aixecar el cap, mirà al cel i digué dins seu: «Gràcies per salvar la meva mare, gràcies per haver superat el càncer, gràcies per haver descobert el tumor quan encara no s'havia estès.» L'Èric havia complert la seva promesa, una promesa de caminar disset hores i superar-se a si mateix. Llavors l'Adrià el va sortir a rebre i l'abraçà, l'abraçà amb la força que dóna l'autèntica amistat, l'autèntic amor entre les persones, i li va dir:

—Ja hi ets, Èric. Aquesta vegada sí que has arribat.

—I tu, Adrià? —li preguntà amb un fil de veu—. Has guanyat aquell malparit?

—Sí, i saps com? S'ha lesionat quan era a prop del final. Finalment aquell fanfarró ha pogut arribar ajudat per en Pere Lluís. Fixa't quina humiliació per a ell. Ja no ens tornarà a molestar, Èric.

—Això és meravellós.

—I les noies? Les has vist?

—Anaven darrere meu, força tocades, però seguien caminant. Això sí, molt a poc a poc.

La Raquel i la Irene ja feia estona que eren les darreres excursionistes i caminaven al costat de l'Horaci:

—Ja no queda ningú més darrere nostre? —preguntà la Raquel.

—No, noies —contestà l'Horaci—. Som els últims. Però, ànims!, que ens falta ben poc per arribar.

Seguien caminant tots tres amb el seu ritme lent. Llavors l'Horaci es va aturar un moment, va aixecar els ulls i va albirar el magnífic espectacle que oferia la plana de Collbató en un dia que havia nascut radiant i sense núvols. Llavors va comprovar com el paisatge començava a rodolar dins del seu cap. Va tancar els ulls, se'ls va fregar amb força i va tornar a mirar: se li va reproduir la mateixa sensació òptica una altra vegada. Llavors va cridar la Raquel i la Irene:

—Noies, tireu endavant que vull seure una estona; ja us atraparé després, d'acord?

—Molt bé, Horaci —van assentir a l'uníson.

Un cop va haver perdut la referència visual amb elles, l'Horaci es va acostar a una roca llargaruda i ben plana i sense que ningú el veiés es va estirar panxa enlaire, i abans de tancar els ulls es va adonar que perdia el món de vista...

«Aixeca't, Horaci, has d'acabar.» «Aixeca't, Horaci, ara no pots abandonar.» «Aixeca't, Horaci, t'esperen els teus amics.»

L'Horaci es va aixecar suant i va recordar aquella mena de profecia que li havia pronosticat la gitana del metro; certament era una pujada a Montserrat amb més dificultats que mai, però lluny de rendir-se va serrar les dents i es va disposar a fer el darrer esforç. Llavors va mirar el rellotge: les deu. Era l'últim i havia d'arribar per presidir la cerimònia de l'ofrena floral a la Moreneta, amb els rams que cada any portaven tots els pares i mares que anaven a rebre els seus fills i filles. A més a més, havia de recitar la tradicional arenga de comiat, que aquell any havia de tenir un significat molt emotiu per a ell. El mareig semblava que havia desaparegut. Va prosseguir la marxa.

La Irene i la Raquel van veure els companys de Pujada que les aplaudien i animaven. Anaven totes dues agafades per les espatlles i ajudant-se mútuament. A uns cinquanta metres se situava el final: el final de tota una odissea, el final d'una nit plena de màgia, el final d'una superació constant. Ja no importava en quin estat es trobava el peu de la Irene, o quina part del cos li feia mal a la Raquel. Estaven a punt d'arribar i allò ho valia tot per a elles. L'Èric i l'Adrià es van avançar uns metres i tots quatre es van fondre en una abraçada. L'Èric va agafar de la mà la Irene i la va acompanyar en els darrers metres. Mentrestant, l'Adrià va deixar enrere la vergonya i no va poder frenar els seus sentiments, per això va unir el seus llavis amb els de la Raquel, amb una gosadia que va trobar la mateixa resposta per part d'ella. Presos per l'emoció, gairebé no els sortien les paraules:

—M'agrades moltíssim, Raquel, des de fa tant de temps...

—I tu també a mi. Per fi t'has decidit a demostrar-m'ho. Pensava que mai no ho faries...

—Ara ningú no ens molestarà. He guanyat en Sebas.

La Raquel es va tornar a abraçar amb l'Adrià. Semblava talment que el món s'hagués d'acabar i tot el temps fos poc per a ells. La felicitat els embolcallava de ple. Llavors va aparèixer en Francesc, que va trencar la màgia del moment:

—Bé... nois, no us vull molestar... però... —preguntà amb preocupació a la Raquel—: Què en sabeu, de l'Horaci?

—Deu estar a punt d'arribar. Quan érem a prop de la capella de Sant Miquel ens ha dit que seguíssim caminant, que ell volia seure un moment i ja ens atraparia.

En Francesc i en Joan Ignasi, que era al seu costat, es van mirar després d'haver sentit les paraules de la Raquel. Només amb la ràpida llambregada que es van fer van pensar tots dos alhora que la situació era força estranya, tenint en compte que el ritme de la Raquel i la Irene en arribar era molt lent i per això l'Horaci les hauria d'haver atrapat en un no res.

—Què fem? —preguntà en Joan Ignasi.

—L'haurem d'anar a buscar —respongué en Francesc—. Es deu haver quedat sense bateria al mòbil, perquè no hi ha manera de comunicar-se amb ell. L'any que ve haurem de tornar a fer servir els *walkie tallkies* que utilitzàvem abans.

—L'any que ve esperem que no hi hagi tants incidents com aquest...

Sense perdre ni un minut, van enfilar el camí de Sant Miquel, però només tres-cents metres després ja van veure l'Horaci, que baixava lentament, potser per gaudir d'aquella darrera Pujada a Montserrat, potser perquè havia esgotat les seves forces. Un cop els hagué vist va obrir els braços i ells s'hi van abraonar, amb tota l'emoció i estima que li tenien. L'emoció els va fer vessar alguna llàgrima. No van parlar; aquell no era un moment per a les paraules, només ho era per als sentiments.

Finalment, tots tres van arribar a la fi del recorregut; en Francesc i en Joan Ignasi es van avançar perquè l'Horaci pogués caminar els darrers metres sol. L'ovació que va rebre el vell professor li va posar els pèls de punta: pares, mares, professors, alumnes i exalumnes, tots dempeus i aplaudint-lo sense parar. En aquell moment l'Horaci es va adonar de la popularitat i estima que havia arribat a assolir, en veure totes aquelles persones que l'aclamaven, talment com un heroi. Per a ell aquell moment va ser com una mena de flaix, en el qual li van recórrer pel davant dels ulls —i a una velocitat de vertigen— les imatges de les vint-i-sis edicions que havia efectuat de la Pujada a Montserrat.

Llavors va sentir una sensació agredolça: era l'home més feliç i més trist del món.

HORACI

De ben cert que les forces ja no són les mateixes ara, que fa vint-i-sis anys. Em pesa l'edat, la història i la responsabilitat que carrego damunt les meves espatlles. Però allò que continua ben jove en mi, igual que el primer dia, és la il·lusió per un nou repte, la il·lusió per cada passa realitzada, la il·lusió per albirar el final de la Pujada, enguany la meva darrera Pujada.

Ho he donat tot per aquesta excursió i aquesta excursió m'ha regalat els valors de l'esforç, de la companyonia, de l'amistat. Per això tinc un gran deute amb aquesta sortida, que aquesta tardor fa vint-i sis anys que es va iniciar, com una mena de juguesca, amb una intenció, si més no, força més lleugera, perquè aquell risc per la novetat fluïa per les nostres joves venes. I això va acabar reeixint en una tradició que any rere any ha anat reunint cente-

nars de persones que volen fer de la seva vida un desafiament.

Estic esgotat i he estat a punt de defallir. Però d'aquí a unes quantes hores, quan sigui a casa gaudint d'un descans ben merescut i quan després em desperti a mitja tarda, pensaré. Pensaré que aquesta ha estat l'última vegada i sentiré un gran buit dins meu, un buit que intentaré compensar continuant venint cada any —ara, però, amb un rol diferent—, ajudant en l'organització i fent de cotxe escombra. Llavors m'adonaré que l'experiència no és la mateixa i sentiré una enveja sana cap a tots els excursionistes.

La meva vida sempre l'he dedicat als altres, tal vegada perquè mai no he conegut cap dona que volgués compartir la vida amb mi i no he tingut fills. Per això he buscat i he trobat l'estimació en tots aquells que m'envolten, aquells a qui aprecio, aquells amb qui m'ho he passat bé en tants moments, per tant sóc feliç, i com a conseqüència sabia que arribaria al final de la Pujada, perquè la voluntat que et dóna voler aconseguir una cosa t'omple d'una força sobrehumana i inexplicable alhora. Una força que et duu al principal objectiu que t'has marcat, que és arribar al final de la Pujada... a tot allò que ens proposem a la nostra vida.

11. MONTSERRAT (dissabte, 10.30 h) - TORNADA A CASA (dissabte, 12.00 h)

A la plaça situada al davant de la basílica de la Mare de Déu de Montserrat, es van concentrar tots i cadascun dels participants (tant els que havien arribat com els que no), els integrants dels cotxes escombra i els pares i les mares de la majoria de nois i noies que havien realitzat la Pujada.

Van fer un cercle al voltant de l'Horaci, amb les muntanyes al darrere, com a fidels testimonis de les paraules que es disposava a dirigir a tothom:

—Hem vingut aquí després de tota una tarda i nit d'esforç. Som aquí després d'una jornada esgotadora de gairebé disset hores. I l'única paraula que em surt de dins del cor per dir-vos és: «gràcies». Gràcies per molts motius: per la constància que heu tingut tots, pel clima que heu creat de camaraderia i d'ajut als altres, per les paraules d'ànim al company o a la companya que ho passava més malament, per l'autèntica amistat que demostràveu entre vosaltres en tot moment. Hi ha molta gent que pensa que la gent jove d'avui dia ha perdut el valor del sacrifici; m'agradaria convidar tota aquesta gent que creu això a venir i seguir la Pujada a Montserrat. A la vida tot ens costa un esforç, i l'escola és un dels llocs on s'ha d'ensenyar aquest valor tan important, un valor que veig que tots teniu assumit, tant els que heu arribat, com els que us heu quedat al mig del camí, perquè el que és més important és donar tot el que puguis, i això ho heu de tenir present en les vostres vides. Tant els que sou més joves (vosaltres, alumnes de tercer i quart) com els que ja sou més grans, perquè aquest consell ens el podem aplicar tots. I amb aquestes flors que alguns heu agafat pel camí i que han portat els pares volem fer una ofrena a la Mare de Déu de Montserrat, la patrona del nostre país, perquè ella valori l'afany que hem posat per poder arribar aquí i ens ajudi i ens protegeixi en aquest curs que acabem de començar. Una ofrena que enguany us vull anunciar que serà la darrera que faré com a responsable de la Pujada, ja que després de vint-i-sis anys no em veig amb cor de tornar a fer els cinquanta-vuit quilòmetres a peu. Tinc seixanta-dos anys i, tot i considerar-me jove d'esperit, les forces ja no són les mateixes que les d'anys enrere. Per això us dic que a partir d'ara els responsables de les properes pujades a Montserrat seran en Francesc i en Joan Ignasi, en qui confio plenament per tirar endavant i animar aquesta excursió que és meravellosa i que té un encant i una màgia que fa que encara que acabis destrossat cada any, i juris que no hi tornaràs mai més, t'atragui com un imant i es faci impossible de renunciar-hi.

La gran quantitat de gent que s'havia aplegat al voltant de l'Horaci va restar muda. Ningú no va gosar dir res; semblava que haguessin quedat impressionats amb la visió d'un fantasma. Aquelles paraules de l'Horaci els van sorprendre i entristir a la vegada, ell era l'*alma mater* de la Pujada a Montserrat. De cop i volta van sorgir espontàniament uns quants aplaudiments que es van anar multiplicant, fins que tots i cadascun dels presents, homes i dones, nois i noies, van ovacionar i victorejar llargament un Horaci que no va poder reprimir unes llàgrimes que li van començar a lliscar per les seves galtes.

Un cop acabat el petit acte, la majoria d'excursionistes van anar a cercar els cotxes dels familiars o amics perquè amb prou feines s'aguantaven dempeus. L'Horaci i en Joan Ignasi van baixar amb en Francesc i la seva dona, que els havia anat a rebre. Una baixada fins a casa seva que, paradoxalment, es convertia en una hora i un quart de trajecte, quan ells n'havien emprat fins a disset a peu per efectuar el mateix recorregut.

L'Adrià i la Raquel desitjaven que el temps s'aturés i no s'haguessin d'acomiadar. Però els pares de la Irene van anar a buscar el cotxe, ja que elles no podien ni arribar al pàrquing. A la Irene, el primer que li va fer la seva mare fou —sense cap mena de contemplació— rebentar-li la butllofa i desinfectar-la. De ben segur que s'estaria uns quants dies caminant amb dificultats. Mentrestant, la Raquel i l'Adrià es fonien en llargs petons, com si aquell fos el darrer dia de la seva vida. Es van dir que a la tarda, quan es llevessin, es veurien. Finalment les noies es van acomiadar dels nois. Llavors el pare de l'Adrià va picar l'ullet al seu fill i li digué:

—L'Èric ja és al cotxe. Només faltes tu, «Don Joan»...

—Ja, vinc papa, però sense conya, d'acord?

A les dotze del migdia del dissabte, l'Horaci Pous es va acomiadar d'en Francesc, la seva dona i en Joan Ignasi fins al dilluns, que es veurien a l'escola. Li van realitzar el servei de taxi complet, fins a casa seva. Davant del portal va extreure les claus de la butxaca, va obrir la porta i va entrar al petit pis. Es va dirigir directament al lavabo i es va dutxar sense esma. Després es va posar el pijama.

A dos quarts d'una ja dormia.

12. PLAÇA DE LA PLANA (dissabte, 19.30 h) - CASA DE L'HORACI (dissabte, 20.00 h)

Després de la titànica ascensió a la muntanya de Montserrat, els quatre amics van gaudir del reconfortant descans al llit. Però no per haver efectuat un esforç extenuant volien deixar de perdre's la tarda de dissabte. Per això, lentament, van anar apareixent al banc que sempre solien ocupar a la plaça de la Plana, juntament amb altres amics de l'escola. Aquella tarda, però, només havien quedat de veure's tots quatre. Gairebé al mateix temps, van arribar l'Èric i la Irene. Tots dos força recuperats: ell, després d'una tendra abraçada amb la seva mare, es va ficar al llit. Les hores de descans sense haver de forçar per a res el genoll el van deixar gairebé com nou del dolor que havia sofert; això sí, les molèsties no havien desaparegut. Ella, un cop la seva mare li va haver rebentat la butllofa, se sentí molt alleujada. Ambdós, però, coixejaven de manera ostensible, i ben segur que trigarien dies a refer-se del tot. Poc després van aparèixer la Raquel i l'Adrià agafats de la mà. Ells, únicament amb la llarga migdiada, n'havien tingut prou per sentir-se molt bé.

—Què? —preguntà amb intenció l'Adrià a la resta—. L'any que ve repetirem?

—Ara t'asseguro que et diria que no —contestà la Irene—, però tot i l'esforç ha estat una experiència inoblidable. Jo crec que sí.

—Ara, hi hem d'anar tots quatre, eh! —va afirmar la Raquel.

—Tens raó —va reblar l'Èric—, aquesta serà una manera de veure'ns sempre amb gent que va i ha anat a l'escola.

—Sí, però esperem que l'any que ve sigui més tranquil —va desitjar l'Adrià—. Heu vist les notícies de la tele? Han parlat de nosaltres i d'aquells delinqüents. Es veu que era una banda que ja havia fet dos segrestos aquest any. Però finalment els han enxampat a tots. Han dit que n'hi havia dos més que els estaven esperant en una pista forestal amb un cotxe, però els Mossos els han localitzat i els han atrapat.

—Doncs sí que som famosos —va dir la Irene.

—Bé, què fem ara? —preguntà la Raquel—. Anem a fer una volta?

—Una volta! —va exclamar la Irene—. No et sembla prou tot el que hem fet entre ahir i avui? Jo passo, em quedo aquí asseguda al banc. Ens podem comprar unes bosses de pipes gegants i anem xerrant i veient com la gent passa. Què us sembla?

—Tens tota la raó del món —va dir l'Adrià—. Mira si tenim coses per xerrar després d'una excursió com aquesta.

—És que ha estat increïble —va afirmar l'Èric.

—Màgica —assegurà la Raquel—; ben bé ha estat una pujada plena de màgia.

L'Horaci es va llevar mig atordit. Va mirar per la finestra i va comprovar que la tarda s'enfosquia. Llavors va donar una ullada al rellotge de la tauleta de nit i va poder constatar l'hora: les vuit de la tarda. Va moure amb dificultat les gastades articulacions víctimes de la duresa, gairebé sobrehumana, de l'ascensió. Va pensar dins seu: «Ha estat el darrer esforç.» La satisfacció l'embolcallava pertot arreu i la veu interior que l'havia acompanyat en la seva darrera Pujada a Montserrat va restar en un silenci absolut. Ja res no el neguitejava; ja havia acomplert el seu objectiu. Havia arribat per vint-i-sisena i última vegada a la plaça de Santa Maria. La perpetuació restava en bones mans: en Francesc i en Joan Ignasi eren dignes i carismàtics successors. L'any vinent viuria la Pujada des d'una altra banda, d'una manera diferent; participaria com a cotxe escombra i li venia molt de gust de fer aquest servei i implicar-s'hi des d'una altra òptica ben distinta.

Després de vestir-se amb roba d'estar per casa, va anar cap a la cuina i va preparar la cafetera. Tot seguit es va dirigir cap al menjador i va engegar la televisió. Va posar el canal d'informació ininterrompuda 3/24 i va poder sentir com el seu nom era pronunciat pel conductor d'aquell telenotícies. Explicaven tots els detalls del segrest i el seu final feliç. Mai no s'hauria imaginat que la seva darrera excursió a Montserrat seria tan agitada.

Tot seguit la cafetera començà a xiular i l'Horaci va anar cap a la cuina, va apagar el foc i l'aroma del cafè, en forma de baf, s'expandí, tot impregnant les estances del petit pis. Llavors va agafar uns estalvis i va tornar cap al menjador. D'un prestatge va extreure un àlbum de fotos; en el llom indicava «Pujades a Montserrat.» Es va asseure en una butaca, va agafar una tassa, la va emplenar i mentre prenia el cafè a petits glops i observava amb atenció les fotos de tants anys d'històries plenes de màgia, no podia evitar de somriure de satisfacció i d'una grandíssima felicitat que l'omplia i li negava els ulls.

ÍNDEX